人生ノート

ろ、牢屋は暗い。

だざい おさむ

太宰治的人生筆記

太宰治 ——著

王淑儀 ——譯

目錄

第一章 關於人生

生而為人，我很抱歉。——《二十世紀旗手》

對生存感到心焦，為感受而焦急。——《懶惰的歌留多》

我忘不了你叫我去死時的眼神。——《HUMAN LOST》

活下去的力量

將討厭的活動照片從頭看完的勇氣。

《日本浪漫派》昭和十一年一月

關於某男子的修練

「我全心全意地追求真實。我現在，追到真實了。超越真實了。然後，繼續向前奔跑。真實現在似乎在我背後追著。我可沒有在說笑。」

《日本浪漫派》昭和十一年一月

定理

苦難愈多，某種程度而言，得到的回報就愈少。

《日本浪漫派》昭和十一年一月

我終生的祈禱

寫出一篇驚天動地、正向勵志又一帆風順的成功故事。

《日本浪漫派》昭和十一年一月

審判

審判人之際，感覺到自己既像一具死屍、又像神的時刻。

《東京日日新聞》昭和十年十二月

無間地獄

這世間有扇門，不論怎麼推或拉，都不動如山。就連地獄之門都可以淡然地穿越的但丁都避免提起它。

《東京日日新聞》昭和十年十二月

突然想到

搞什麼啊！每個人都講同樣的話。

《文藝汎論》昭和十一年一月

重要的事

知也無涯。人智有限，上自××氏，下至〇〇氏，所知道的一切大概都相差無幾。

重要的是力量。您瞧米開朗基羅，什麼都沒做就擁有那樣多重美好的身分，然而他任何事都不願假他人之手，全都要自己來，執意要自己一人將大理石塊從山上搬到鎮上的工作室，於是弄壞了自己的身體。

順帶一提，米開朗基羅因為對他人挑剔，所以也被人極度討厭。

《作品》　昭和十一年一月

蘆葦[1]的自我要求

其一、只對這世界投以關心的眼神。當發現自己耽溺於自然風景中時，要老實地說「吾已垂垂老矣」，並承認自己的失敗。

其二、同樣的話，絕對不說第二遍。

其三、說出「還沒」二字。

《作品》昭和十一年一月

1 蘆葦莖是中空的，因此在日文中也被拿來暗指「軟弱之人」。

我的悲哀

某夜，走在路上，一旁的草叢沙沙作響。是蝮蛇[2]逃走的聲音。

《文藝汎論》昭和十一年一月

2 蝮蛇是日本常見的毒蛇，因此常被拿來作為綽號使用，暗指「粗暴、陰險的人」。

健康

一個人若是處在什麼都不想做的失志狀態，表示他很健康。或至少，是在一種無憂無慮的心境中。否則，君看上自拿破崙、米開朗基羅，下至伊藤博文、尾崎紅葉，這些人的功績，哪一個不是在瘋狂狀態下完成的？沒錯，絕對是這樣。所謂的健康，是屬於心滿意足的豬、鎮日愛睏的小狗。

《文藝通信》昭和十一年一月

風景明信片

在這一點（指對風景明信片的喜好），我和山岸外史不同。比起深山中的花田、初雪覆蓋的富士靈峰、生長在白砂上的千本松原或是紅葉為簾，若隱若現的清姬瀑布等等的風景明信片，我更喜歡以熱鬧的淺草寺老街為景的明信片。人群，喧鬧聲，前世修來的緣分，讓彼此得以在今日聚集於此，偶然地被拍進相片之中。相片中的每個人都背負著各自的命運，且僅管被宿命翻弄著，卻仍無時無刻思考著該如何開拓己身的命運。對我而言，沒有誰有資格取笑這千百人中的任何一個，因為他們無疑都是為了生存而那樣努力著。在他們每一個人的家中，都有年邁的雙親、妻子與孩子。我光是仔細端詳他們每一個人的表情與體態，就可以花上兩個小時，渾然不覺時光流逝。

《文藝通信》 昭和十一年一月

某實驗報告

人無法為他人帶來影響，同時，也不會接受別人的影響。

《日本浪漫派》昭和十年八月

我的神話

因州＝因幡的小白兔，被拔毛，浸海水、烈日下曬成乾，是為苦痛之始。

因州＝因幡的小白兔，用淡水清洗傷口，睡在蒲花粉鋪成，鬆軟舒適的床上，是為安樂之始。[3]

《文藝汎論》　昭和十一年一月

[3] 出典為日本神話、古事記中出現的神話故事〈因幡的白兔〉。故事大意為，俊美的大國主命是出雲之國的眾神之一，個性善良。他有多達數十人的兄長，統稱為「八十神」。八十神聽說因幡國的公主八上姬是絕世美女，於是爭先恐後地出發前往因幡，欲向公主求婚。大國主命被哥哥們帶上路，條件是要一人負責背所有人的行李，做弟弟的默默地接受哥哥們的指示，慢慢地跟著走。走在前方的八十神看到一隻被拔了毛、痛苦難當的兔子在海邊哭泣，就教牠「泡泡海水後到山上去曬太陽就會好」。照著指示做的兔子傷不僅沒有治好反而加劇。此時好不容易跟上的大國主命看見牠，教牠「快快去河邊用淡水清洗，然後將蒲花的花粉舖滿床，睡在上面，就能重新長出毛」。果然如他所言，解除了兔子的苦痛。於是兔子預言：「八上姬會拒絕八十神的求婚，而嫁給大國主命。」果然，當八十神抵達目的地向八上姬求婚時，公主回答：「不管你們怎麼說，我都不會相信，我只想嫁給大國主命。」大國主命對兔子的建言被視為日本最早的醫療行為，而他也因此被奉為「醫療之神」。蒲花的花粉在今日也被拿來做為治療外傷的藥物。

關於螃蟹

阿部次郎[4]在他的散文中寫到，有小螃蟹在自家廚房中橫空飛過。一想到螃蟹會飛的那個景象，就讓人笑到眼淚都掉出來。他的文章就這一點好。

我家的庭院裡不時也有螃蟹爬進來。不知看倌您看過芝麻般的螃蟹嗎？芝麻般大小的螃蟹，彼此也會為了爭吵而賭上性命。發現此事時，我嚇得目瞪口呆。

《文藝汎論》　昭和十一年一月

4 阿部次郎（一八八三—一九五九），日本哲學家、作家，師事於夏目漱石。一九一四年發表的《三太郎日記》被視為大正昭和時期的青春文學必讀經典。一九一七年與高中時代的同學，即岩波書店創辦人岩波茂雄一同創辦雜誌《思潮》。

處世的祕訣

明哲保身。明哲保身。

《日本浪漫派》昭和十年十二月

關於金錢

金錢終究不是最好的東西。如果現在我手中有一千圓，你想要的話，就給你。手中僅存的，是如太古蒼空般無垢的愛情，以及由愛而生、最殘酷無情且永無止盡的復仇之心。

《日本浪漫派》 昭和十年十二月

關於出神

被森羅萬象之美所指責、踐踏，費盡辱舌、心急如焚的一名男子，漫無目的地在街上亂走，有一晚他自認為看見一條隱隱可行的活路而奮起，他不斷地跑、向前跑。那是在一瞬間發生的事，我稱那一瞬間為出神之美。那一定不是來自惡魔的引誘，而是人為之極致。我不信鬼神，只相信人。即使有一天華嚴瀑布[5]乾涸了，我也不會特別悲嘆，但是無法不為演員羽左衛門[6]的健康祈福，或是祈求柿右衛門[7]的作品一個也別受到損害。今後我應以「人工之美」這個詞來形容吧。天衣再怎麼無縫，在我眼中也只是髒得不堪入目。

5 原文為「華嚴之瀧」，位於栃木縣日光市，為日本三大名瀑之一，高九十七公尺，寬七公尺，一九三一年被定為日本國家名勝。

6 市村羽左衛門（一八七四—一九四五）。日本大正時期到戰前歌舞伎代表演員之一。

7 酒井田柿右衛門，第一代生於一五九六—一六六六年，江戶時代著名的陶藝家，此後其名號代代相傳，目前已傳至第十四代。

順帶一提，在如此完全地放空之後所出現的空虛感，不知您知道否？

《日本浪漫派》昭和十年十二月

關於感想

說到感想，真是要怎麼說都行[8]。人吶，可以低頭嘟嘴裝可愛，也可以模仿剛從外太空而來，還保留著原始人樸質的模樣。對我而言，真正實在的只有自己的身體。我這樣躺著看向十隻手指，動一動。右手的食指，會動。左手的小指，嗯，也會動。我盯著他們看了一會兒，覺得「啊啊，我是真的。」其他的一切，於我如浮雲，甚至是生是死，我都無法分辨。這才是真真切切的感想啊！

有名男子站在遠處觀看著這一切，他說：「這人真是非常單純呢！說穿了，不過就是自尊心作祟嘛。」

《作品》　昭和十一年一月

[8] 原文直譯為「就像是圓滾滾的蛋，也能切出完美的四角形。」延伸之意是同樣一件事情，因說法不同，可能完美處理，也可能引起紛爭。

姿勢／姿態

打從一開始，明明感到很空虛，卻還是得嘻嘻笑著。「空虛的姿勢／姿態。」

《文藝通信》昭和十一年一月

所謂的冷酷

嚴酷與冷酷，本質就完全不同。嚴酷的本質是人們原本就有的，滿滿的溫暖關懷；而冷酷則如同一個小小的玻璃器皿，在它之中，不論什麼花都開不了，與凡事皆無緣。

《文藝汎論》昭和十一年一月

關於所謂的不安

我們確知，所謂的不安可分為黑白兩種。浪花曲[9]中有句話說：「等待明日來迎接我的寶船。」[10]又，普希金的詩句說：「我會被明天所殺。」一念之間，是否有可能會同時出現正反兩種想法呢？思索了半天，確定，會如黑白般清楚而分明地存在。

《文藝雜誌》昭和十一年一月

---

9 又稱浪曲，是日本的一種說唱藝術，表演方式為一個人說唱，並以三味線伴奏。

10 出自浪曲中演唱四十七志穗浪士刺殺吉良上野介，為舊主淺野長矩報仇的故事中的一個橋段。講述四十七浪士之一的大高源吾，在行刺的前一天，扮演賣竹竿的小販在路上行走，偶遇了從前學習俳句時的師父寶井其角。寶井其角看到大高源吾的裝扮，雖不知為何，卻直覺今後彼此將不會再見面了，於是將自己身上的外套給大高源吾，並說了句：「歲月如水流，人亦是。」，感嘆人生只能被時間之流帶著走，無人能控制命運的走向。而大高源吾知道是夜將殺入吉良邸為主公報仇，若能成功，是最好的，萬一失敗了，就必須切腹自殺，但能在地下見到主公，這也是他的願望，不論是成是敗，明日都是願望實現之日。因而回了寶井：「等待明日來迎接我的寶船。」

關於所謂的出色

我原本已有所覺悟，認定自己除了小說以外，不會再寫其他任何文章了，但某天夜裡，我突然覺得要再想想。這不是太好了嗎？一直以來，我為了配合世人的腳步，故意踩錯步伐，刻意裝成一個好色之徒，對於一點也不有趣的事情也得要假裝笑出眼淚來。有種東西叫制約。即使很痛苦，但事實上卻還是得要不斷地像別人那樣子寫下去才行吧。

我重新想過之後提起筆，卻還是告訴自己，身為作家，要寫個感想文應該是在扣上背心的兩、三顆鈕扣的時間，就可以寫出來，根本不需要花這麼多時間堅持。感想文只要想寫，要寫得多有趣就有多有趣，要寫多少就能寫出多少，根本不是什麼了不起的東西。剛才讀了《蒙田隨筆集》，真是無聊死了。不過就是道理滿篇。在日本的講談[11]中嗅到人味的難道只有我一人嗎？蒙田大人。

您可能算得上是滿腹詩書，但距離文學還遠得很。子曰：「君子和而不同，小人同而不和」文學的玄妙之處一定就跟小人的悲哀一樣。看看波特萊爾、想想葛西善藏[12]的一生。飽讀詩書的君子，就算是讀了講談本，也是感受到十分地享受、被療癒的樣子。在我看來，那是朽木不可雕也[13]。飽讀詩書、擁有端正品格，一臉享受地寫出無懈可擊的感想文，那根本稱不上是作家。這世上又損失了一位名士。我開始沒來由地懷念起那時時在變動、總是表現得粗魯，彷彿是惡魔化身的作者。善哉！輕佻膚淺的才子；幸哉！一敗塗地的境遇；美哉！醜惡的慾念（我若想要變得了不起，隨時都可以辦得到）。

《日本浪漫派》　昭和十一年三月

11 日本傳統藝能之一，類似說書。講者坐在前方高台，以扇子打著拍子，講述歷史故事。

12 葛西善藏（一八八七—一九二八），日本小說家。作品多以自身經驗為底本的「私小說」，描寫貧困與家庭生活重擔，以及世間批判其拋棄糟糠之妻的強烈抵抗，真摯感人，引人共鳴。

13 原文直譯為佛祖即使有廣大無邊的慈悲，卻也救不了無佛緣的人，延伸為無法聽取他人之言者，別人也救不了他。

虛榮之市

笛卡兒有本著名卻非常無聊的作品《激情論》（*Traité despassions de l'me*）中有一句話是這麼說的：「但願崇敬無益於我身」我雖不是笛卡兒，但若依著我的心情，擅自將句型套用改寫成「但願羞恥無益於我身」或是「但願輕蔑無益於我身」云云，亦不是什麼不適當的說法。甚至更進一步地說成「不管怎樣的情感，都是出於對自我的憐愛」，感覺也是新鮮卻也說得通的道理。那所謂犧牲奉獻、謙讓、俠義之類的美德本來就不過是拿來包裝美化自己慾念，如今就算指出那不過是「出於私心」，人家也不會說你真是慧眼獨具或是值得尊敬什麼的，所以啊，笛卡兒也稱不上是有什麼真知灼見。

人的軟弱，說好聽點，不過就是將箭射向虛空卻稱之為正中紅心，而大加讚頌。然而，比起將箭射向虛空那樣顯而易見的軟弱，不覺得「明知其弱，還得刻意射偏，並且不讓對方察覺，然後從頭到尾都要裝作不知情，口中還唸著哎呀失敗了，到頭來還真的相信自己不是在演戲」這樣來得有趣嗎？這也是虛榮之市的驕傲。來到這個市上的人全都像是貪吃的豬、靜不下來的狒狒一樣，舉凡是我期望對我無益的情感，沒有誰會比住在這個市裡的人更強。而且他們誇耀著自己的犧牲奉獻、謙讓、俠義，裝成鳳凰、極樂鳥般秀逸、華麗的心情，恐怕也沒有誰可以比住在這個市裡的人更激烈的了。

言雖如此，但我卻裝病稱弱，讓別人看到我對於世間的評論是那樣地冷嘲熱諷，事實上我內心如夜叉般險惡，為了要罵倒敵手，我花了十圓雇請私家偵探幫我徹底調查對方的身家、學問、素行、健康情形以及失敗過的事作為參考，加強我攻擊對方的論證。真是因果報應。

「我說不出自己有多愛這愚蠢虛榮之市，我一輩子都會住在這虛榮之市，到死都會用各種方式，盡最大又無用的努力走下去。」

正當我在心中如此整理著虛榮之子天馬行空的想法時，突然想起一位很棒的伙伴——安東尼·范·戴克[14]。《朝日影像》[15]曾報導過他在二十三歲時所繪的這幅自畫像，並由兒島喜

---

14 Anthony van Dyck（一五九九—一六四一）。比利時畫家，英國國王查理一世時期的英國宮廷首席畫家，影響了英國肖像畫將近一五〇年。他還創作了許多聖經故事和神話題材的作品，並且改革水彩畫和蝕刻版畫的技法。

15 朝日新聞社於一九二三年一月二十五日創刊，二〇〇〇年停刊的新聞雜誌。以倫敦的《每日鏡報》（*Daily Mirror*）、紐約的《每日新聞》（*Daily News*）為模仿對象，以時事輔以大量新聞照片為其一大賣點。

久雄[16]解說：「背景是他常用的深咖啡色。豐厚的金髮隨性地飄散於前額。微微低垂的碧眼散發出低調害羞又帶點神經質的眼神也好，性感的櫻桃唇色也好，都如此傳神、恰到好處。如少女般細緻的肌膚裡透著綺麗的血色，讓皮膚看來是如此粉嫩透亮。黑褐色的外衣襯托著雪白的衣襟與袖口，最外面披著深藍絲綢斗篷，更顯高雅瀟灑。這幅畫是戴克在義大利時畫的，裝飾著胸前的金鏈據說是來自曼圖亞公爵[17]的餽贈。此外，也聽說「他的作品常是為了要在完成後接受眾人的喝采，驅使他鞭打著自己病弱的軀體下完成的，虛榮心的結晶。」一想到這二十三歲的年輕人如此毫無掩飾地將自己的臉妝畫得如此美麗，而且還以頗高的價格賣給一名貴婦人，他這種厚顏無恥的行為，讓我忍不住想要憎恨。

《日本浪漫派》　昭和十年八月

---

[16] 兒島喜久雄（一八八七—一九五〇），白樺派畫家、美學、藝術史研究者，特別是以達文西專家而廣為人知，曾任東京帝國大學（後來的東京大學）教授。

[17] Vincenzo I Gonzaga, Duke of Mantua（一五六二—一六一二），是當代藝術、科學最偉大的庇護者，促使曼圖亞發展成為文化都市。據聞伽利略也曾拜訪過他，雖未獲得聘雇，但仍被賜予金鎖一片與銀盤兩只。

悶悶日記

○月○日。

有人將活生生的蛇丟入我家的郵箱裡。憤怒。一定是那些嘲笑著一天到郵箱去查看二十次的窮作家的那些人幹的好事。心情大壞，終日臥床。

○月○日。

「不要把苦惱當商品來賣。」友人的來信中寫道。

○月○日。

狀況不佳。血痰頻頻。告知家人此事，似乎沒人相信。庭院一隅，桃花開了。

○月○日。

據說我分到一百五十萬的遺產。現在，有多少呢？一概不知。八年前家裡與我斷絕關係，是靠著家兄的一點情面才能活到現在。今後該如何是好？可以靠自己掙得生活費，我作夢也想不到。但再這樣下去，只有死路一條。這一天，又幹了渾事，活該我只會寫那一紙破文章。

檀一雄來訪。向他借了四十圓。

○月○日。

校對短篇集《晚年》。突然覺得，是不是該在這本短篇集完成後做個了結。就這麼決定吧。

○月○日。

這一年來，沒有說過我壞話的有幾人？三個？更少？不會吧！

○月○日。

姊姊的來信。

「隨信寄上二十圓，請查收。無時無刻催著要錢，我感到很困擾。又不能對母親說，只能從我這兒拿出錢來，真的很困擾。母親也不是很有錢。（中略）不好好將錢當一回事，節省點用是不行的。你現在應該多少會從雜誌社那邊拿到一些錢吧。請不要太期待別人，好好地忍耐。凡事小心。保重身體，不要太常跟朋友們一起比較好。請讓大家多少安心一點吧。（後略）」

○月○日。

終日，昏昏欲睡。開始失眠。已兩天了。今晚再睡不著，就是三天。

○月○日。

拂曉，踏上找醫生的小徑。在路上一定會想起田中的歌。淚漣漣地行走在這條路上，若連我都忘記此事，還有誰會知。我一定要逼醫生讓我用嗎啡。

下午醒來，青葉反射的陽光，心中的不踏實，引人悲傷。看來我已經學得很好了。

○月○日。

讓我羞恥到無法忍受的事情，家人竟然可以不經意地一說就中。我氣得跳起來，穿上木屐要往鐵路衝去！一瞬間，我停住。踢倒火爐、踹飛水桶。踩上四疊半的榻榻米，抓起鐵瓶往拉門一丟，拉門的玻璃應聲而破。打翻茶几，醬油灑在牆上，茶碗與盤子碎了一地。我全身帶刺。若不這樣大肆破壞，我無法活下去。我不後悔。

○月○日。

五尺七寸[18]的洋鬼子，含羞而死。構想出這句話，一個人竊竊地笑了。

○月○日。

山岸外史來訪。我說：「真是四面楚歌啊。」，他訂正道：「不，大概是二面楚歌而已。」然後唯美地笑著。

○月○日。

有句話說「不語似無憂」[19]。有件事情希望有人聽我說說。哎，還是算了吧。但是……昨晚，我為了一圓五十錢的小事，花了三小時與家人大吵。真是遺憾。

○月○日。

夜裡，不可以一個人起身去廁所。身後會跟著一名小頭、身著白色浴衣，瘦瘦高高的十五、六歲男孩兒。對當下的我而言，要是回頭看，就會沒命了。那小頭男孩確實存在。照山岸外史說的話，那是我五、六代之前的人，對他進行了難以言喻的殘酷虐待所致。誰知道呢？

---

18 五尺七寸約為今日的一七三公分左右。

19 典故出自「千峯雨霽露光冷。君看双眼色，不語似無憂」，上句「千峰……」由京都大德寺開山始祖大燈國師（一二八二—一三三八）所寫的漢詩，下句「君看……」則由後世的白隱禪師（一六八六—一七六九）補語。現代譯文為「看著大雨剛停的連綿山峰，沐浴在陽光下，露光閃閃。請君看看人們雙眼，不說的話，還以為是無憂無慮，但其眼中閃耀的光芒，正是流過淚的證據。」

○月○日。

小說完成了。原來是這麼令人高興的事。從頭讀一次，寫得真不錯。通知兩、三位友人。如此一來，我就可以把錢還給大家了。小說的題目是：「白猿狂亂」。

《文藝》昭和十一年六月

心之王者

前幾天，有兩名三田的年輕學生跑到我家來，那時我不巧因身體不適而臥床未起。我回應他們只能簡短回答問題，於是將自己從被窩裡拔出來，在棉襖外再披上羽織[20]與他們會面。這兩名學生都很有禮貌，很快切入主題聊完之後就早早告退。

他們跟我談的是我在這家報社寫的隨筆。在我看來，他們倆是不過十六、七歲的溫厚少年，還是已過二十歲說不定。現今，人的年齡已愈來愈難判定，不論是十五歲、三十歲還是四十歲甚或五十，都為了同樣的事情憤怒、開心，也同樣地有些小奸小詐，也同樣地軟弱、卑屈。實際從人的心理來看，最近的人們在年齡等各個層面的差別已愈來愈令人捉摸不定，感覺大家也無所謂。日前的這兩名學生外表看來是十六七歲，但說出來的話是經過計算的，不時令人感覺有點老成。若要說，是可以算得上是名新聞編輯者。這兩人走了之後，我脫去羽織，又窩回棉被中，暫時睡不著於是繼續思考。現今學生諸君之境遇，不禁讓我感到悲憫。

[20] 日式外套，通常是在著和服、浴衣時穿在最外面。

學生並不屬於這個社會的任何一個部分。那麼，我們就這不屬於任何東西的身分來思考。我頑固地認為，所謂的學生該有的模樣是穿著藍色風衣的恰爾德．哈羅爾德[21]。學生是思索中的散步者、是青空中的雲朵，並不該是個編輯者，不可以扮演公務員，就連學者也不行。要成為一個老成的社會人士，對學生而言，就是一種可怕的墮落。這也許不是學生本身的罪過，一定是誰如此引導他們，是故我說我替他們感到可憐。

那麼學生本來應有的姿態又該是如何呢？對此，我引用弗里德里希．席勒[22]的一篇神話史詩作為答案向各位闡明。你們一定要多讀讀席勒的作品。

在今日這樣的時局之中，更是一定要好好地讀他的作品才行。為了要有更堅強的意志、持續明確且遠大的希望而努力，諸君今日更該想起席勒，並愛讀他的作品。席勒的史詩中有一篇非常有趣的作品，篇名為〈地球之分配〉（die Teilung der Frd），其大意約為如此：

眾神之父宙斯自天下對人間發布命令道：「拿去吧，這個世界！」

「拿去吧，這個世界屬於你們的了。我將這個世界作為我的遺產、作為你們永遠的領地贈送給你們，你們要好好地彼此商量如何分配。」眾人聞聲，紛紛爭先恐後，只要是有手有腳的人都為了搶占先機而開始東奔西跑。農民在原野上打樁畫出境界，當他將此處耕耘成田地時，地主突然出現將胸抱在懷中的手抽出來，平靜地說：「這塊地有七成是我的。」然後，商人在倉庫裡堆了滿坑滿谷的貨物、長老四處探求陳年的葡萄酒、王公貴族迅速在綠色森林的周界拉起繩子，將此作為自己快樂狩獵及與愛人偷情的地方。市長將巷弄占為己有、漁人於水邊定居。當所有地方都被分割完畢之後，詩人才緩緩地來到，從遙遠的遠方徐徐而來。啊啊，可是此時早已一處不剩，所有的土地都已經有人貼上名條占領了。「哎呀，真是無情！為何只有我一個人被大家排除在外呢？明明我是祢最最忠實的子民？」詩人奔向宙斯的王座前，大聲地訴苦。「誰教你自己要沉浸在夢的國度裡，東摸西摸的。」神打斷他，「你不該怨我啊，你說說當大家正在瓜分地球的時候，你到底去了何處？」詩人回答：「我

---

21 出自拜倫的長篇敘事詩《恰爾德．哈羅爾德遊記》（*Childe Harold's Pilgrimage*），也是他的成名作中的主角恰爾德．哈羅爾德。日本在第二次世界大戰前到戰後的舊制中學、高等學校（高中）、大學的學生制服以黑色風衣、白線黑帽、高木屐為基礎。

22 **Friedrich von Schiller**（一七五九—一八〇五）。德國著名詩人、哲學家、歷史學家和劇作家，德國啟蒙文學的代表人物之一。德國文學史上著名的「狂飆突進運動」的代表人物，也被公認為德國文學史上地位僅次於歌德的偉大作家。一九四〇年（昭和十五年）五月太宰治於《新潮》所發表的短篇小說。《跑吧！美樂斯》（走れメロス）即是改編自席勒的詩作〈人質〉（**Die Burgschaft**）。

就在祢身邊吶，我的眼仔細地端祥著祢的臉，耳朵聽著天上的樂音入迷。請原諒我，我在祢散發的光芒下陶然忘我，將地上發生的事情都給忘了。」宙斯聽了之後溫柔地說：「那我該如何是好呢，我已將地球給了眾人了，秋天、狩獵、市場，沒有一項是屬於我的了。你想看我時就到天上來吧，這裡永遠為你留一個位置！」

如何呢？學生本來的姿態，應該就像故事中的詩人一樣，是神的寵兒。對於地上人們的汲汲營營，他一點都不擅長，然而他對自由的高貴憧憬卻讓他得以時時與神同在。

請自覺你所擁有的此種特權，請以擁有此種特權為傲。這可不是你永遠都能擁有的特權。啊啊，那時間真的很短暫，也因此請你務必珍惜，千萬不要弄髒了你自己的身體。關於地上的分割，在從學校畢業之後，就算你不想要也會分給你。要成為商人就會變成商人，想做編輯也可以，或是作官也不成問題。然而可以在神的寶座之前與神並肩同坐，那是在學生時代以外絕對不可能的事，而且這機會一去不再復返。

三田的各位學生諸君吶！你們一定要在歌頌「陸上王者」的同時，暗自在自己的心中以「心之王者」自居。你一生當中可以與神同在的時期，只有這麼一次，絕無僅有。

《三田新聞》 昭和十五年一月

諸君的位置

在這世間，該站在哪裡、該坐在哪裡，十分曖昧，學生們對此感到困惑。究竟該不該裝作對世事一概無知地一派天真，凡事依賴父兄們就好？又或是該作為「社會的一員」，裝模作樣，如猴子學人說話那樣習得世間大人們的口氣說話、為了活得像個大人而努力才好？這兩者對學生來說都很不自然，無怪乎你們如此躁動不安。

諸君吶，你們已不是小孩子，也還不算大人，既不是個男人，也不是女人，是個身著灰塵撲撲制服，擁有「學生」這個全然特殊身分的人。那就像是西洋神話中半人半獸的山野之神——潘[23]，上半身像人，四肢是毛絨絨的山羊腳；小小的尾巴捲了好幾圈、頭上還頂著短小的山羊角。哦不，身為牧羊神的潘與人類親近，同時也是個音樂天才，擅長吹笛，甚至還發明了牧笛，是個聰明伶俐又開朗的神明，學生諸君之中，有人幾乎是跟潘一樣，但也有人

23 潘（Pan），野地之神，是所有羊男的首領。

像是擁有黑暗醜惡之心的薩契魯——陰鬱好酒色的酒神戴歐尼修斯[24]之寵兒。

人生在世，一定會碰到狀況不佳、陷於低潮、令人悲痛不已的黑暗時期。諸君究竟該在哪裡坐或站，該追尋什麼才好呢？日前我向一名學生推薦了席勒所著的史詩，沒想到這位同學非常喜歡。諸君吶，就是現在，不可不讀席勒。你可知他那直白的叡智將能為諸君指引出一條未來之路嗎？

眾神之父宙斯自天下對人間發布命令道：「拿去吧，這個世界！」

「拿去吧，這個世界屬於你們的了。我將這個世界作為我的遺產、作為你們永遠的領地贈送給你們，你們要好好地彼此商量如何分配。」眾人聞聲，紛紛爭先恐後，只要是有手有腳的人都為了搶占先機而開始東奔西跑。農民在原野上拉起繩子圈地；貴族子弟為了狩獵而占領森林；商人收集物資堆滿了倉庫；長老四處探求陳年的葡萄酒；市長在市街外圍築起城牆；王者在山上豎起大面國旗。

當所有地方都被分割完畢之後，詩人才緩緩地來到，從遙遠的遠方徐徐而來。啊，可是此時地球表面上所有的東西都已被人貼上名條占為己有，就連一坪的青翠草地都不剩。「哎呀，真是無情！為何只有我一個人被大家排除在外呢？明明我是祢最最忠實的子民？」詩人奔向宙斯的王座前，大聲地訴苦。「誰教你自己要沉浸在夢的國度裡，東摸西摸的。」神打斷他，「你不該怨我啊，你說說當大家正在瓜分地球的時候，你到底去了何處？」，詩人邊哭邊回答：「我就在祢身旁吶，我的眼仔細地端祥著祢的臉，耳朵聽著天上的樂音入迷。請原諒我，我在祢散發的光芒下陶然忘我，將地上發生的事情都給忘了。」宙斯聽了之後溫柔地說：「那我該如何是好呢，我已將地球給了眾人了，秋天、狩獵、市場，沒有一項是屬於我的了。你如果想在天上跟我一起時，就到天上來吧，常常過來吧，這裡永遠為你留一個位置！」

這篇史詩結束於此，而這詩人的幸福正是學生諸君的特權，請你們要有自覺，且毋須畏懼，就這麼英姿颯爽地活著吧。在現實生活中，那些無謂的地位、毫無用處的資格，就乾脆地拋棄了吧。諸君將會發現你們的位置在於天上，雲才是諸君的友人吶！

我並不是不負責任地誇大其詞，要用什麼不成熟的觀念來欺騙各位。這是最聰明且最接近事實的道理。在這世間裡的位置，只要諸君一從學校畢業，就算你不想要也會被賦予。所

24 戴歐尼修斯（Dionysus）古希臘神話中的酒神。

以現在，請不要模仿世間的人們，相信美的存在、上街去尋找它吧。請想像最高等級的美，它是真實存在的。只有在你仍身為學生的期間，它會為你而在。我想要更具體地形容，但不知為何今天的我非常不耐。你們為何什麼話也不說？看你們這個樣子我都想跳下去推你們的背了，如果是頭腦不好的傢伙就算了，我希望你們去讀、大量地讀契訶夫[25]，然後模仿他。我並不是說一些不負責任的話，只有這件事情我希望你們去試試看，也許就能多少理解我的意思。

我光說一些失禮的話，但若不用這樣粗暴的方式表達，諸君老是把別人的話當耳邊風都已變成習慣，雖然我覺得這不是你們的罪過。

《月刊文化學院》昭和十五年三月

---

[25] Anton Pavlovich Chekhov（一八六〇—一九〇四）十九世紀末俄國偉大的批判現實主義作家，文筆犀利的幽默諷刺大師，短篇小說的巨匠，著名劇作家。

義務

盡義務，並不是件容易的事。卻又非做不可。人為何而生？為何要寫文章？對現在的我而言，只能說是在盡義務。我並不是為了錢而寫，並不是為了快樂而活著。前幾天，我一個人走在郊外的路上，突然想到一件事。「所謂的愛，到頭來會不會也只是在盡義務而已呢？」

具體來說，我現在要寫五張（稿紙）的隨筆，就非常痛苦。十天前我就一直想著我該寫什麼。為何不拒絕這個案子呢？因為人家叫我寫。對方來信，要我在二月二十九日之前交出五、六張稿子。我不是這本雜誌（《文學者》）的作家，將來也不打算成為他們的人，為他們撰稿的作家我也大半不識，因此我沒有非寫不可的理由，然而我卻回信給對方說我會寫。說來也不是需要賺稿費，更無心要討好那裡的作家前輩們，只是因著我自己訂下的「在可以寫的狀態下，有人來邀稿，就一定要寫」原則下，我回答願意寫。這原則就像是當你有辦法給予時，別人來要求你就一定得給是一樣的。多虧我文章裡的字彙多是那樣誇飾的，因而老是引起人家的反感，多虧我大大地承繼了「北方百姓」之血統，因而有了「平常講話就這麼大聲」的宿命，關於這一點，希望大家不用費心對我提高警覺，連我自己都快搞不清楚我究竟想說什麼。這樣不行，我得重新振作。

我是因為義務而寫作。如前所述，在可以寫的狀態下。這並不是自命清高，換個角度來說，我現在雖然有點感冒，微微發燒，但不至於臥病在床，不是病重到無法撰稿，是還可以寫作的狀態，且到二月二十五日為止，這個月預定的工作也都已結束，二十五日到二十九日之間並沒有其他稿債，在這四天裡我再怎麼樣也應該寫得出五張左右的稿子，是可以寫作的狀態，因此我一定得寫。我現在是因義務而生。是義務，支撐著我的生命，若是靠我自己的本能，那我早就可以死了算了。死了也好，活著也罷，或者生病，我想也沒有太大的不同。然而是義務讓我不死，是義務命令我要努力，命令我要永無止盡地，努力再努力，我因此危危顫顫地撐起身體，戰鬥。我不能輸。就這麼簡單。

沒有為純文學雜誌寫短文更令人痛苦的事。我是個性鮮明的人（我五十歲之後，個性能否不要變得更糟呢，我還想要達到隨心所欲地寫作的境界，這是我唯一的期望），不過五、六張的隨筆裡，我卻想把我的想法全部擠進去，不過似乎不太可能，我老是失敗。於是只能時常將這樣失敗的短文在前輩、友人曝短，再接受他們的指正。

看來，我還未能調整好心境，無法寫好隨筆這類的文章。太勉強了。從我回覆可以寫這五張的隨筆至今的十日間，我不斷取捨了各種題材。算不上取捨，只有一路捨棄，「這個不行，那個也不行」不斷丟棄，最後什麼也不剩。有些題目也許可以在座談會上聊聊，但若要在這樣的純文學雜誌中寫著「昨日，栽植了牽牛花，有感」，這一字一字請活字工人去撿鉛字，由編輯為我校對（校對別人無聊的無病呻吟，真是苦差事），然後成書擺在書店裡，一個月之間，「栽植了牽牛花」、「栽植了牽牛花」從早到晚在雜誌的一隅不斷重申，實在令我難以忍受。若是刊在報紙上，一天就過去了，還有救；若是小說，且又是將想說的事情全都寫進去，一個月左右在店頭不斷叫賣，我也做好要丟臉丟到底的覺悟，唯有這「栽植牽牛花有感」，要連續在書店唸一個月，我實在沒那勇氣。

《文學者》昭和十五年四月

無自信

長與先生在本報（《朝日新聞》）的文藝時評專欄裡，以拙作為例，指責現代新人作家的一些通病。對於新人作家，我感到自己有責任，不得不出來說句話。自古以來，一流作家都有非常明確的寫作動機，並且有著強烈的自覺，因而在他們的心中懷有難以撼動的自信；相反地，現今新人作家對於基本的動機並無信心，先生指責我們應要堅定不移的字字句句，真是當頭棒喝，我也認為確實如此沒錯。如果可以的話，我也很希望能擁有自信心。

然而，我們卻無法擁有自信。如何能有呢？我們絕非怠惰，也不是過著無賴的生活，確實是孜孜矻矻地讀著書，然而愈是努力，愈沒有自信。

我們並非處處找理由藉口，將一切罪過推諉於社會，我們也想肯定這個世界，率直地肯定這個世界原本的模樣。但是每個人都那樣地卑躬屈膝，每個人都是機會主義者，每個人都只是謹小慎微地努力著。但我們絕對不認為這是決定性的污點，一點也不。

我覺得，現在是一個大的過渡時期，無法從沒有自信的狀態中遁逃。看看每個人，有誰不是奴顏婢膝，有誰會不看重這沒有自信的模樣。我祈望我們不是從克服卑屈、而是在率直地肯定卑屈之中，開出前所未見的美麗花朵。

《東京朝日新聞》昭和十五年六月

悄聲

我想，我只能相信，傻傻地相信。當有人在浪漫情懷的激情下、夢想的力量推動下而企圖要突破難關之際，我們不要在一旁喊著：「等等、等等，要不要暫停，確認是否一切就緒」等不識時務的忠告。這個時候，我們只要相信，並跟著一同前行就對了。生死與共，不論是家人還是朋友，都應該如此。

沒有能力相信別人的國民，我想一定會失敗的。只有默默地相信，默默地讓生活往前走下去才是正確的作法。與其去說別人如何如何，倒不如想看看自己是什麼模樣。我想趁著這個機會深自檢討。這正是絕佳的機會。

因為相信而失敗，就不會後悔，甚至可以反過來說，那是永遠的勝利。所以就算被笑也毋須感到恥辱。但可以的話，好想要相信然後成功，那喜悅是無以倫比！

比起被騙的人，騙人的更會感到數十倍的後悔，因為他會下地獄。

不要說什麼不公平，默默地相信，跟著走就對了。人說，沙漠之中有綠洲，請相信這浪漫的傳說。支持「共榮」吧！除了相信，別無他法。

要看輕「鬆懈安穩」並不是件容易的事，但意外地，一般人都是活在「鬆懈安穩」之中，一邊嘲笑別人的「鬆懈」，卻又視自己的「安穩」為一種美德。

「您覺得生活是什麼？」

「忍受寂寞。」

自我辯解是失敗的前兆。不，應該說是已居於失敗的狀態。

「您覺得什麼是失敗？」

「對惡諂媚。」

「什麼是惡？」

「無意識的毆打。有意識的毆打並不是惡。」

所謂的議論，往往是帶有想要對方讓步的強烈意識。

「您覺得什麼是自信？」
「看見未來的燭光時的心態。」
「那現在的呢？」
「那是沒用的東西。笨蛋。」

「您覺得有自信嗎？」
「有的。」

「您覺得什麼是藝術？」
「三色堇。」
「無聊。」
「無聊的東西。」

「您覺得什麼是藝術家？」

「豬的鼻子。」
「這樣說，太過分了吧。」
「鼻子可以聞出三色堇的味道。」
「感覺您今天心情滿好的。」
「沒錯，藝術就是在這種狀態下產生出來的。」

《帝國大學新聞》昭和十五年十一月

私人信件

阿姨：

今早我收到您長長的家書。謝謝您關心我的健康狀態及未來生活等種種事項。但是我對自己將來的生活，一點計畫也沒有。我並非放空一切，也不是放棄自己，我只是不擅於預測未來，對於該往左還往右得要這麼放在天秤上慎重權衡，您不覺得這樣反而會造成悲慘的錯誤嗎？

古人曾有言：「不為明日憂。」我只知道我要從早上張開眼的那一刻便好好地活過這一天。我現在不會說謊了，也慢慢地學會不虛榮、不耍心機。現在也不再將事情留到明天、眼前就打混而過。我非常珍惜每一天，絕對沒有虛妄度日。

對現在的我而言，每一天的努力將累積成為整個生涯的努力。我想身處戰地之人恐怕也是抱著這樣的心情吧。阿姨請您今後不要再杞人憂天了，沒有比因為懷疑而導致失敗更糟的生活方式，我們要有信心。即使是一寸之蟲也有五分的赤血丹心。苦笑度日不是辦法，只有天真地相信的人，才能一派輕鬆。我不會放棄文學，我會秉持信心迎接成功的到來，請您放心。

《都新聞》昭和十六年十二月

一問一答

「您最近有何感想，可以告訴我們嗎？」

「我很困擾。」

「說到困擾，我也是如此。先生您為何困擾呢？願聞其詳。」

「我最近時常覺得，人吶，一定要正直。這雖是我愚蠢的感想，但近日走在路上，我不時有這樣的想法。如果只想要虛應故事，那生活將變得困難且複雜。正直地說話、行事，生活其實可以變得很簡單。人生沒有所謂的失敗。失敗是當你想要打混卻又混不過去時才說的話。還有，無欲很重要。當欲望高張時，會讓人變得想要輕鬆混過，但是一旦有了打混的想法，很多事情都會變得複雜，最後露出馬腳，造成不當的結果。這雖然是理所當然的道理，但我卻花了三十四年才體認到這些事。」

「您現在回頭讀年輕時的作品，有什麼感覺？」

「很像是去翻開從前的相簿。雖然是同一個人，但穿的衣服不一樣了。看到相片中自己穿的服裝，有時也忍不住想笑。」

「您是否懷有某種，可稱得上是主義的中心思想呢？」

「生活中，我一直思考著所謂的愛，但我想這並不是我專有，任誰都會思考這件事情吧。然而，那真的是一個難題。人們談論愛時，也許常會想到一些甜美的事物，但其實愛是個很難的東西。要如何去愛？我至今還不明白，感覺那不是可以掛在嘴上常說的字。我覺得自己是個感情深厚的人，但有時卻又完全相反。總而言之，很難。那跟剛才我們談到的正直也多少有些關係。愛與正直，我是似懂非懂，換句話說，對我而言，還有些地方並沒有弄清楚。正直是現實的問題，愛則是理想，也許就是在這裡，潛藏著可以稱作為我的中心思想的東西也說不定，只是我還沒有弄清楚。」

「您是基督徒嗎？」

「我不上教會，但會讀聖經。我想，世上恐怕沒有比日本人更正確理解基督教的人種，日本未來很有可能成為基督教世界的中心。最近歐美的基督教實在是太令人失望了。」

「很快地來到各式展覽會開展的季節了，有什麼吸引您想去看的嗎？」

「我還沒有去看過哪個展覽，不過這一陣子很少有人是快樂地作畫的，一點喜悅都沒有，生命力非常薄弱。

不好意思讓我在此大放厥詞。」

《藝術新聞》昭和十七年四月

純真

若要說的話，「純真」的概念應該可以在美式生活中找到典範。例如說，在某某學院的某某女士一臉憂愁地讚頌嘆息道：「孩子的純真是高貴聖潔的！」這種極度曖昧模糊的話，被這位女士的學生奉為聖旨，回家對自己的丈夫轉述。她那滿臉落腮鬍的丈夫一把年紀了，卻也跟著起鬨說：「是的，我們要珍惜孩子的純真。」這畫面就像是在描繪一對愚蠢的父母。

在日本，雖有謂為「誠心」的倫理觀，卻沒有「純真」的概念。若有人打著「純真」的名號，那絕大部分都是在演戲，否則就是笨蛋。小女今年四歲，已會對今年八月剛出生的小嬰兒狠狠敲頭，這樣的「純真」究竟哪裡高貴了？光憑感覺活著的人與惡鬼相似，無論如何都需要倫理的訓練。

我們看看那被孩子指責是狠心媽媽的她，應該是位好母親。我沒聽過從小過得辛苦的人，長大會有壞結果的。人應該從小時候開始，就有悲慘的回憶才是好的。

《東京新聞》　昭和十九年十月

小小的願望

耶穌基督被釘在十字架上，被脫下來的全白裹衣找不到一處衣縫，整件是照著耶穌身形織出來的罕見衣物，士兵們也為其高品質而讚嘆。此事也被記錄在聖經裡。然而各位賢能的妻子呀，我們不是耶穌只是市井裡的儒夫，每天如此辛勞，所以一旦非死不可的時刻來臨，我們並不期望身上穿著的是高貴的無縫裹衣，可不可以至少請妳們做件純白印度棉的內褲給我們穿著啊。

《朝日新聞》 昭和二十二年十一月

革命

自己做的事，若不能說明白，就成不了革命，什麼也不是。當自己這樣做，心裡卻想著其他的事，嘴上還講著我一定要這樣做時，人類翻天覆地的革命將永遠不會發生。

《羅馬藝術》 昭和二十三年一月

關於結黨

結黨，是種政治。如此一來，政治應該也就是力量了。那麼我們也許可以說，結黨是以結合眾人的力量為目標而發明的機構。而一般認為那力量之所在，應當就在於「多數」之上。

在政治裡，三百票比兩百票有著絕對的，幾乎是如同在神的審判下的勝利，然而在文學之中，是有些許不同的。

我們來看看那些被以「孤高」這個從古至今被長期使用的糟糕字眼奉承的人們，大多都是個惹人厭的傢伙，任誰都不想跟他來往。這些所謂「孤高」的人們，動不動就輕蔑地痛斥著「群體」。他們為何要這樣痛罵，沒人知道是什麼道理，只是痛罵著別人的「群」，可以凸顯自己所謂的「孤高」，因而古今東西的偉人們都搭著「孤高」這樣的傳說之便，粉飾著己身的寂寥。

要注意那些以「孤高」自居的傢伙。第一，那是種高傲的態度。他們幾乎沒有例外的都是「心機敗露的偽君子」。這個世上根本沒有所謂的「孤高」。或許有孤獨吧，倒不如說

「孤伭」的人才多的是呢。

以我自己現在的立場來說，我雖然非常渴望有好朋友，但沒有一個人願意跟我來往，必然地造成了我的「孤伭」。話雖如此，也有可能是其他人覺得我會因為「與人為群」感到痛苦，而寧可選擇「孤伭」這條路，他們認為我這樣當然不好，但也認為這樣我會比較輕鬆，所以不與我交往。

我想要再對「結黨」一事再多點說明。對我而言（其他人如何我不清楚）最痛苦的是一群人一味地面對一件很白痴的事卻不願說破，反而還得大大稱頌，這樣的義務是種負擔。所謂的「結黨」，從第三者的角度來看，就是一群人以所謂的「友情」而彼此相連，我這樣一竿子打翻一條船實在不好，但他們那樣看上去像是啦啦隊般口徑或步調一致地開心拍手，但其實內心最痛恨的就是同樣居於一團之中的人。相反地，內心最想要依靠的，卻是位於敵對黨羽之中的那個人。

沒有比位在自己同黨卻又不令自己喜愛的傢伙更令人感到困擾。我知道，那會成為自己一生憂鬱的遠因。

新的結黨形式，應該是從公然背叛同夥開始。

我在結黨之中，未曾看過友情、信賴。

《文藝時代》昭和二十三年四月

第二章

關於文學

一事無成的苦悶。
軟弱。
聖經。
生活的恐懼。
敗者的祈禱。
你們什麼都不明白，甚至對這樣無知的自己感到自豪，
這樣還稱得上是藝術家嗎？

——《如是我聞》

任性

為了文學而任性，是件好事。

但如果是連符合社會期望價值二、三十圓的任性都辦不到，更遑論文學。

《東京日日新聞》昭和十年十二月

文章

文章確實有好壞之分，就如同人的面貌、姿態一樣吧，是宿命，拿它沒辦法。

《東京日日新聞》昭和十年十二月

兵法

文章之中，若有個地方讓你猶豫究竟該割捨還是保留不動才好的話，就一定要將此處刪除。更想都別想要再加些什麼句子之類的。

《日本浪漫派》昭和十年十一月

言語的奇妙

「舌頭打結」、「辯口利舌」、「瞠目結舌」、「舌粲蓮花」。

《文藝汎論》昭和十一年一月

K君

他誠惶誠恐地，像是要探問什麼天大祕密般，一臉煞有介事地問我：「您喜歡文學嗎？」我沉默以對。即使再怎麼道貌凜然，卻只是個毫無知識的十八歲少年。唯一讓我感到不知所措的對象。

《文藝通信》昭和十一年一月

打招呼

有個男人很會做表面工夫，舌粲蓮花，看起來似乎是將全身的精力都投注於此道。他難道都不會覺得丟臉嗎？柿右衛門蹲在爐灶前，向圍牆外路過的民眾互道早安。在對方的印象中「柿右衛門先生是個禮貌周到的人。」但柿右衛門卻連有人走過都不記得了，只知道要做到「對人有禮貌」。

該諒解柿右衛門這樣的失禮嗎？套用（島崎）藤村[1]說話的語氣：「藝術之路非常艱苦。年輕人吶，千萬要戒慎恐懼。」

《日本浪漫派》昭和十一年二月

1 島崎藤村（一八七二—一九四三）日本詩人、小說家，為日本自然主義文學的重要作家。

作家一定要寫小說

沒錯，既然這麼想，就該實際付諸行動。讀《聖經》不需特別發表對它的研究。今日事今日畢，明天還有明天該做的事。我們應該這樣做。只有明白是不夠的，大家不都是只知而未行嗎？

《日本浪漫派》昭和十一年二月

布爾喬亞藝術中的命運

我從未見過平民、工匠的藝術。只有查理斯・路易・菲利浦[2]讓我感到震驚。我，不，該說每個人都將來自各個層級的藝術通稱為藝術，我想這段論述應可成立：「作為藝術家，要愈有錢愈好。不然至少也得要有過人的商業頭腦，才有辦法（不怕丟臉地）為自己的畫作、書稿標上高價叫賣，換得豐潤的生活繼而精益求精。但這樣的人不論再怎麼努力，與天才相比，也只是二流。」

《日本浪漫派》　昭和十一年一月

[2] Charles-Louis Philippe（一八七四—一九〇九），法國小說家，著有《四則貧苦的愛情故事》、《母與子》等。文風寫實卻也充滿了對貧民階級的溫暖關懷，與當時法國文壇盛行，同樣也強調寫實的自然主義有著明顯區隔。

感謝的文學

在日文中有這麼一句話：「疏忽大意招致失敗」，因此日本人總是謹小慎微。在藝術的表現上，總是到了一個程度之後就不再精進，卻也不會退步。若您不信，可以看看志賀直哉[3]、佐藤春夫[4]等人便知。不過，我覺得這樣也沒有什麼不好（至於島崎藤村，我打算另外闢文討論）。歐洲的大作家過了五、六十歲之後，也就只有量了，都是形式的堆疊。管他是蕎麥麵還是寒天麵，只要量夠多，看起來就像是有那麼一回事。藤村大概是歐洲人吧。

但是，我為了感謝，或說為了錢、為了孩子、為了留下遺書，所以才這樣辛苦地寫作。不嘲弄別人，只偶爾笑笑自己。最近，這種惡文學完全沒有人要看了。名為民眾的混沌怪物，在這點，是正確的。當然也還是有那種寫出特別優秀作品、追求自我突破、晴耕雨讀、把握每一個當下的好作家；那些過去被祝福的人；經歷了旦丁的地獄篇，得以品味天國篇的

3 志賀直哉（一八八三—一九七一），日本白樺派作家之一。
4 佐藤春夫（一八九二—一九六四），日本小說家、詩人，曾翻譯《魯迅選集》和《大魯迅全集》。

人。另一方面，也有只在意《浮士德》中的梅菲斯特，卻連葛麗卿[5]的存在都忘了的復仇作家。對我而言，並不能評判孰優孰劣，只能說，開窗，一對善良的夫婦，出人頭地，蜜柑，春天，直到結婚，鯉魚[6]，翌檜[7]。等等充滿這類對於生之感謝的小說，是永遠不滅的。

《東京日日新聞》昭和十年十二月

---

5 葛麗卿（Gretchen）是浮士德所愛上的一位漂亮女孩，原本對浮士德沒有興趣，後來由於惡魔梅菲斯特的誘惑，女孩開始對浮士德動心，並且懷孕。

6 比喻魚躍龍門。

7 比喻明天會更好。

古典龍頭蛇尾

這兩天，我只是起身就痛苦得要抓狂，光是拭去滿頭大汗就耗盡我所有力氣，但我還是得要將這樣的痛苦放在一邊，好好地來論述現今的日本文學。我這樣手握著筆閉上眼睛，感覺身體就要被地獄吸走，我竭力逃脫後寫下的東西如下：

我試著想要誠實地寫出我對日本文學的看法，但這想法果然讓我十分焦慮，只有令人厭惡的感想的感想的感想的感想如同鳴門漩渦[8]般一直不斷地翻攪又湧現，氾濫成災，讓我不知該從何處下手。通常面對這一桌子滿溢的思緒，我的作法都是先攔阻、使其凝結後再如同裁切色紙般修整成一篇文章，但是今天於我書齋中氾濫的洪水，我打算直接汲取使用，一定也行得通吧。

8 日本鳴門海峽上的旋渦，是日本知名景點。

「傳統」一詞很難定義，因為它擁有不可思議的力量。比方說，某大學出了一名球技卓越的乒乓球選手，此後這所大學每年都會出現乒乓球好手，於是世人說這是傳統的力量。身為乒乓球大學學生的矜持成了這種不可思議的現象之一大誘因。傳統於是成了自信的歷史、每日自恃之堆積。日本的驕傲是天皇，日本文學的傳統則根基於天皇御筆下的文章。

五七五調[9]已內化為身體的一部分，邊走路邊哼吟的句子，若是注意數，一定是五七五調——要是肚子餓，就無法上場打仗。真是句型工整呢。

思索的形式也趨向一元。接著一定是一臉嚴肅，絕對不會顯露出困惑的樣子。固守單方面的觀點，至死不疑。沒有追尋真理的學徒，人人都是達觀大師。一定會對人說教。就連最寫實的作家西鶴[10]，也不忘在他的故事發展之中編入光明的人生觀。野間清治的文章中也可見到傳統的框架。小說家如里見弴、中里介山等，在說教這一點上完全符合條件，可稱作是純日本作家。

日本文學是十足實用主義。文章報國。乞雨歌。沒有詼諧曲（Humoresque）。此為國體所致。以一種要鍛鍊日本刀般的心情來為文，一筆三拜。

沒有人知道不教忠教孝單純只為享樂而作文的方法，只喜好深刻的文章。不懂得品味之美。通篇大小道理，一點都不有趣。不愛月亮上的小白兔，只喜歡咔嚓咔嚓山裡的兔子。咔嚓咔嚓山是一篇關於報仇的故事[11]。

妖魔鬼怪更是日本古典文學的精髓。狐狸新娘、月夜下把肚子當大鼓來敲的狸貓。只有這類的傳統至今仍然大放異彩，一點也不陳腐。倩女幽魂是日本文學的象徵，根深蒂固。

日本文學的傳統，與美術、音樂相較之下，原罪是最微弱的。帶給我們這世代的文學什麼樣的影響呢？我直覺寫下自己的想法。答案是：一點也沒有。

---

9 五七五調為俳句創作形式，三行句子由五、七、五音節所組成。

10 井原西鶴（一六四二—一六九三），俳句詩人，小說家。其獨創的文學體裁刺「浮世草子」激了町人文學的誕生，被譽為「日本近代文學大師」。

11 咔嚓咔嚓山（かちかち山）是一則日本童話故事，指一對老夫妻以耕田為生。狸貓偷吃田中芋頭，被老爺爺設下圈套活逮，老奶奶趁老爺爺出門後放了牠，卻被恩將仇報的狸貓殺了煮成湯。老爺爺回到家後，食用了那鍋湯。此時狸貓一邊笑，一邊逃回山上，老爺爺才知道被騙。老爺爺與兔子商量要教訓狸貓，於是兔子約狸貓一起上山砍柴。兔子在回來的路上，使用打火石「咔嚓咔嚓」點燃狸貓背著的木柴。狸貓問兔子「咔嚓咔嚓」是什麼聲音？兔子回道：「這座山叫咔嚓咔嚓山，山中的咔嚓咔嚓鳥會發出這種響聲」，狸貓不疑有他，背部因此被火燒傷。最後，兔子約狸貓一同釣魚，騙狸貓坐上泥巴船，狸貓沉入水中溺死。

到了我們這個世代，那愈來愈孱弱的傳統之絲恐怕即將叭地一聲斷裂吧。詩歌的形式至今仍是五七五調，仍誇耀著形式的完整，影響及至散文。

白得快要透過去，或是塗上白得快浮起來的粉底等等，這樣的日文對我來說簡直是第一次聽到的外語。沒錯，日文中一個字一個字都像是有著各自的生命，本身並沒有錯，但並不表示它就是日語。一字一語的意思在不知不覺中有著巧妙的轉化。比如「遺憾」這極為普通的一個詞，傳到聽者耳中也像是個外國字。在一個字句中，已產生質的變化。

生病療養中的托洛斯基[12]曾看見新聞影像中的龐貝，哀傷地幾乎要落淚。我們對於古典文學的心理也跟這情景相似。我不認為源氏物語本身，在品質上有多麼了不起，只是想到介於源氏物語與我們之間的數百年風雨，以及發現歷經風霜的源氏物語與二十世紀的我們所有的共鳴，而不禁感動。現在來寫源氏物語，任誰都不會覺得有何值得稱讚之處。

日本古典文學中沒有值得盜取之物。我自恃在一群朋友之中已經算是讀很多日本古典文學的人，但至今從未自古典中引用任何一段文章。西洋古典文學倒是引用滿多，日本古典這點卻完全派不上用場，幾乎可以說是個死城。曾經人們在這裡享用美酒、觀賞美麗的菊花，現在我們卻無法將它帶入今日的文藝之中。古典有它身為古典的獨自樂趣，但也僅止於此。

不信的話可以重溫一下輝夜姬[13]試著在裡面尋找可取的文章，一定找不到的吧。

日本古典文學的傳統中最雋永美妙的是名詞。經過幾百年歲月，吸取了幾百萬名日本男女的生活，成就出如黑曜石般的光芒，這也是唯一可取之處。提到原野必是茜映紫野[14]；島嶼必是浮島、八十島；海濱必為長濱；海浦必為生之浦、和歌之浦；寺廟必是壺坂、笠置、法輪；森林必是忍之森、假寢之森、立聞之森；關口必為勿來關[15]、白川關。

不只古典如此，和服的名稱也是。黃八丈、蚊飛白、藍微塵、麻之葉、鳴海絞染。就算過去未曾見過實物，但那模樣卻能歷歷在目，真是不可思議。這就是傳統的力量吧。

感覺正寫得順手，卻已經滿八張稿紙了，是編輯指定的張數，再次感受到現實的沉重。回頭重讀一遍，真是不知所云，雜亂無章，朝令夕改。這種東西真的能拿出去見人嗎？有

---

12 Leon Trotsky（一八七九—一九四〇）年。曾是蘇聯共產黨和第四國際領袖，為革命家、軍事家、政治理論家和作家等。

13 日本童話故事《竹取物語》的主角。

14 滿布紫草的原野，出自《萬葉集》。

15 原文為「なこそ」為古語中表「禁止」與「來」二字的結合，並非確切指何處。

沒有更能達意之詞可以用呢？讓我再想想。

還是不行。在這裡結束好了，請見諒，我要去寫小說了。

《文藝懇談會》昭和十一年五月

創作餘談

編輯的來信中，問我可否寫些創作餘談，他在信中的語氣有那麼點不好意思。被人這樣一說，該要感到不好意思的，是作者。這名作者至今仍沒沒無名，不要說什麼創作餘談，就連創作本身都快要無法顧及，只有苦苦追尋，埋頭思案之後徹底放棄，又或是再度奮起，用功讀書又立刻感到激憤，徬徨於街頭，邊走邊詠出詩一篇……這般不足以為人道的幼稚文學書生般的情況下，要他答應接下創作餘談這個題目，模仿著那些大作家嘔心瀝血的寫作過程，實在是學不來呀。

就算對方覺得可以，我也會回答說，我不會寫。就算勉強自己也會這麼說。我頑固地相信著文壇的常識非打破不可。常識是好東西，一定得遵守。只是常識每十年便有飛躍性地變動。我想，關於人世諸象的把握，我推崇黑格爾[16]老師。

16 Georg Wilhelm Friedrich Hegel（一七七〇—一八三一）德國十九世紀唯心論哲學的代表人物之一。

其實，這名作者還想舉馬克思．恩格斯[17]兩位大師，不，還有列寧先生，但因為他本來就是對言行一致的原則有著奇妙堅持的人，不對，不能這麼說，這作者本來就是對悲慘有興趣的傢伙，對於安心立命的境況，若不以崩壞為前提，啊呀，之後該怎麼形容，就由讀者諸公，有心者自己接下去吧。

作者就是這樣的散漫、狡詐。不論你怎麼做都拿他沒辦法。很可恨吧。

其實也沒什麼好恨的，我只是以一種最適合這個世界的表現來對諸兄言說。我愛現在這樣的現實，弄假成真的現實。

懂了吧？是不是讓您感到不快了呢？

您必定發現我本身的存在就是一種不快，而您也無能為力。

批評，從自身的軟弱而起；鼓舞，從自身的堅強出發，即使丟臉也沒關係。

我想讀讀不自我辯解的文章。

作者通常都是虛張聲勢的傢伙，明明是自己嘔心瀝血的作品，卻還要假裝並誇示非苦心力作。

如果我說我的第一本短篇集兩百四十一頁的《晚年》只花三天就寫成，諸兄會有什麼反應？又或者，我一本正經又伏首低眉地說那可是我花上整整十年才寫出來的，諸兄又會如何看待？請給我一個明確的態度，究竟會覺得是天才帶來的奇蹟還是犬馬之徒勞？

不好意思，我自己認為，講難聽點不過是人糞之勞，流著汗好不容易才寫成的兩百多頁，其實也說不上是我獨力完成，是數十位先賢以智慧之手帶領我從頭一步步走來，才勉勉強強地在我發抖的手中完成這一卷。

有趣吧？

玩笑好像有點開過頭了。我現在正正襟危坐地在書桌前，繃著臉寫作這篇文章。為了這篇文章，我花了三天三夜苦思，關於世間的常識這一回事。我們根本是下一個時代的作家，非這麼認為不可。一定得朝這個方向努力我的心意才能通向諸兄。

我最近，正在讀大仲馬的作品。

《日本學藝新聞》 昭和十二年十二月

17 Friedrich Von Engels（一八二〇—一八九五），德國哲學家，馬克思主義的創始人之一。

關於《晚年》（一）

我為了寫作這本短篇集，奉上十個年頭。這整整十年我無法與一般人一樣帶著愉快的心情吃頓早餐。我為了這一本書，流離失所，自尊心不斷地受傷害，遭受世間的寒風吹襲，一路顛簸而行，浪費了數萬圓的金錢，如同一家之長兄般低頭苦幹，費盡唇舌，耗盡心力，致使己身遭受無可回復的損害，撕破了百餘篇的小說、約五萬張稿紙，這樣含辛茹苦最後留下來的只有這些，就這些，近六百張稿紙，稿費總共六十數圓。

然而，我相信，這本短篇集《晚年》將在年年歲歲中愈加濃烈，滲透你的眼你的胸。我是為了創作這一本書而誕生的，從今以後的我將是一具死屍，我開始度過我的餘生。要是我之後又多活了些時間，不得已又再出了短篇集，我想我會為那本書取名為《歌留多》。歌留多原本是遊戲的名字，而且還是賭博遊戲。要是非常好笑地我又再活了下去，還出第三本短篇集的話，我必定為其取名《審判》，已經對所有遊戲無感的我，除了喃喃地寫作毫無生氣的自傳外，別無選擇。這座名為審判的燈臺會以與死無異的嚴肅口吻告訴你：「旅人啊！快避開此路繞行，這無疑是條無益之路」。

然而今晚的我，並不想要活那麼久，與其污蔑我的英名，不如在我身上綁個錨丟下水。然而，你若可以反覆翻閱棒讀這本《晚年》直至雙手沾滿墨水黑得發亮，啊啊，那真是我最幸福的一刻啊。一個人在其一生之中能夠得到這種至高無上的幸福時間凡幾？跑百米所需的十秒一甚至更少！

有人說：「胡說！如果出版是不幸的，那放棄不做不就得了。」我的回答會是：「我是世上獨一無二的美麗之物，如同梅迪奇的維娜斯像。為了實際證明世上真正之美者，才存留於這個世界的是出版也。

看吶！我像是維娜斯像出賣情色般感到羞恥。這是我不幸的開始。此外，她不論春夏秋冬時常裸體，卻又無言且微微畏寒的神情（美人薄命），那正是她以那高雅的眼神控訴著上天冷酷至極的嫉妒之鞭。」

《文藝雜誌》　昭和十一年一月

關於《晚年》（二）

《晚年》是我的第一本小說集，也是我唯一的遺作，因而取名為《晚年》。有兩、三篇讀來還頗為有趣的，有空時請拿來看看。讀完我的小說，你的生活並不會變得比較輕鬆，它一點也不偉大，什麼都不是，所以我不會大力推薦。

〈回憶〉這篇讀來還滿有趣的，你一定會邊看邊大笑，這樣就夠了。羅馬式藝術等等不也是充滿矛盾，而我的小說也一樣亂七八糟，所以我不會大力推薦。

下次該不該寫本不知所云但是有趣的長篇小說呢？現今的小說沒有一本好看的吧。

溫柔、悲慘、怪異、清高，除此之外還需要什麼？

那些讀來不有趣的小說是爛小說。沒有什麼好可怕的，不有趣的小說斷然拒絕就對了。

大家都好無趣哦。努力想要取悅讀者卻一點也不有趣的小說是不是更讓你想死？

這種說法有多麼討人厭，我自己心知肚明，大概是這樣才老是被人當作白痴吧。

但是我不能老是這樣任性妄為。真是太不可取。事到如今我已不想再跟你說什麼了。

激情到極致的人會是什麼表情呢？無表情。我戴著微笑的能面。不，是變成了殘忍的角鴟，再也沒有什麼好怕的，我不過是終於認清了這個世界。

您讀了《晚年》了嗎？美感不是別人可以給的，而是得靠自己獨自發現。能否在《晚年》之中發現美，是您的自由，是讀者的黃金權利。所以我不會大力推薦。不懂的傢伙，就算痛毆他一頓，無論如何也不會明白的。

我要在此告一段落。我剛開始寫一本十分有趣的小說，中途被拉來對談。請見諒。

《文筆》　昭和十三年二月

進一步退兩步

這應該不只是在日本，也不只是文學如此。比起作品的有趣與否，人們更在意的是創作者的態度。該作家的個性、弱點，若不先弄清楚便無法進一步理解。作品無法是一個獨立的個體，離開創作者後，不署名是誰所作的將無法自立。讀著《三姊妹》的故事時，無法不去意識到在這三名年輕女子的背後，契訶夫微微苦笑的神情。這種鑑賞方式實在是顯示了讀者的聰明與銳眼。你們的眼力足以穿透紙張，實在厲害，了不起！然而是銳利也好，不近人情也罷，您不得不知那都是多麼簡化通俗的概念。

可憐的作家，早已變得無法放肆大笑，作品被當作精神修養的教科書並不是件容易的事。就算說的是猥瑣之事，只要敘述者一臉嚴肅，就會被認為是談論嚴肅之事。如果是笑談嚴肅之事，也會因為是在笑談之中，而被認為是愚蠢的謊言，真是太可笑。我曾在半夜經過警哨被攔下，因為不耐於他們問東問西，稍微放大了音量，以軍隊式的用語報上身分，竟然被稱讚我態度良好。作家愈來愈綁手綁腳，因為一切以眼光銳利可透紙的讀者為中心，啥都做不成，最後只有過度緊張，正襟危坐在書桌前動彈不得，無限地奉行沉默是金的格言。會出現這樣的作家也無須意外。

人們只要求作家要謙遜，使得作家誠惶誠恐謙虛到卑躬屈膝的程度，把讀者奉為主人，將自己的私生活攤開到無可再攤。不好意思，我賤賣的是作品，不用連作家的靈魂都拿出來兜售，我才想要求讀者謙讓一點呢！

作家與讀者有必要再次重新擬定割地協議。

最高級的讀書方法是率直地閱讀森鷗外、紀德[18]、尾崎一雄，並得到適切的樂趣，讀完後若無其事地將書拿到舊書店去換本涙香[19]的《死美人》回來，再次以熱切的心耽讀其中。要讀什麼是讀者的權利，而非義務，所以這一切應該自由地進行。

《文筆》昭和十三年八月

18 André Paul Guillaume Gide（一八六九—一九五一），法國作家，一九四七年諾貝爾文學獎得主。
19 黑岩涙香（一八六二—一九二〇）。明治時代的思想家、作家、記者。

鬱屈禍

這家報紙（《帝大新聞》）的編輯一定不知道我的小說一直都是失敗的作品，且推測我可能還能繼續寫，因此才會同情我這樣一個自暴自棄、跟不上時代的糟糕作家，而要我寫篇文章談談「文學之敵。這麼說也許有點太誇張，但能否請您就最近的文學中，令您覺得是個毒瘤，或是類似的人事物，發表些意見。」

為了回報編輯對我的同情之心，我不得不直接就我所想的寫出一篇文章。

我是這麼說的：「我拚命地擁抱我的仇人，懷著想要令他窒息而死的用心。」這好像是一句有名的詩句，然而淺學的我並不知它是出自誰之口，總之一定是個無恥的惡文學者所創的詩句。紀德曾引用過。紀德本身似乎也是名罪大惡極的男子，不論經過多久的時間，他都是位敗德者。紀德在這句詩之後加上他自己的意見，簡言之便是：「藝術通常是一種拘束的結果。若相信藝術是自由的，還能如此升騰，就等同於相信阻礙風箏升起的是那條細線一樣。康德的鴿子[20]也認為當阻礙自己的翅膀的空氣也消失了，就能飛得更高更遠，那是因為牠不知道為了飛翔，牠得要借助這個足以撐起牠翅膀重量的空氣阻力。同樣地，為了讓藝術能夠更上一層樓，還是得要有某種程度的抵抗才行。」這麼幼稚的論述，很快地就下結論，多少有些強迫的意味。

不過耐著性子理解他所說的話，會發現其實紀德的藝術評論是好的，我甚至認為是世界上數一數二的，但他的小說就有點遜色。想要說的事情太多，就什麼都說不好。他還繼續這麼說：「所謂的大藝術家，是被束縛所鼓舞，以障礙做為踏階的人。據說，米開朗基羅是因為大理石的不足才想出「摩西像」[21]的姿勢；埃斯庫斯羅[22]因為在舞台上能夠同時發出的聲音數量有限，才會創造出被鎖在高加索山上的普羅米修斯之沉默[23]；希臘人放逐在琴上多加一根絃的人。藝術是產自拘束，生於鬥爭，死在自由之中。」一副自信滿滿、單純地斷言，

20 康德在其三大批判著作之一的《純粹理性批判》序文中曾說過：「一隻輕捷的鴿子在空氣中自由飛旋時，就會開始想像在真空裡能更加輕盈地飛翔。」

21 《摩西像》是米開朗基羅創作於西元一五一三—一五一六年，現位於羅馬梵蒂岡聖彼得大教堂中。當時米開朗基羅是受託於羅馬教宗朱利爾斯二世建造陵寢，做到一半計畫遭教宗擱置，使得米開朗基羅欠下鉅額的石材費用。後人分析《摩西像》憤怒的眼神、緊繃的肌肉等等都透露出米開朗基羅當時的情緒與感受。

22 Aeschylus（西元前五二五年—西元前四五六年）古希臘悲劇詩人，有悲劇之父的美稱。

23 此指埃斯庫斯羅取材自希臘神話所創作的經典三連劇《普羅米修斯》。

讓人不得不信服。

我隔壁的鄰居從早到晚都開著收音機，吵到我懷疑我的小說無法順利進行都是他害的。然而我錯了，這樣的噪音障礙正是成就我藝術之名的基石。收音機的噪音絕不會毒害文學，過去我曾將它視為文學之敵，但仔細想想，這一切都是催生藝術，使得它成長、昇華，值得感恩的母體。多麼令人悲哀啊，那些不平之事已漸漸無法再提起。我雖是一介貧困的惡作家，仍想走在第一流的道路上，以成為大藝術家為目標，只是模仿也無所謂，我想要懷著這樣的心願。所謂的大藝術家是被束縛所鼓舞，以障礙為踏板的人，大前輩紀德如此諄諄教誨，你我都想成為「聽話的好孩子」，一臉驕傲地點頭答應，但才剛要起而行時可笑的事情就發生了。我們變得非常有禮貌，對於毆打、綑綁我們的人，一一道謝說：「謝謝您的鼓舞，成就我的藝術。」就算被人用木屐砸在臉上也要把那木屐撿起收在錦囊中，早晚恭敬地禮拜，感謝它幫助我們出人頭地，當我在戲劇裡看到這個橋段時，不禁感到荒謬至極而大笑出聲，但又覺得這確實有道理啊。要變成大藝術家，真是一件無聊的事，一番嘲弄之後，就連紀德說過的絕妙好詞都變成誹謗，但紀德的話也是一種結果論，是後世，旁觀者說的話。

即使是米開朗基羅，當時也為了大理石的不足而悲憤痛嘆，抱怨連連後才創作出《摩西像》，是因為米開朗基羅這樣舉世無雙的天才，才有能力彌補大理石不足而成功造出曠世巨作，像我們這樣的不才，就算被毆打還欣然接受，根本不會留下什麼創作，徒然走過一世。

不平就該大聲說出來，面對敵人不該輕易原諒。紀德也說：「藝術是生於鬥爭」。你問我敵人是誰？啊，才不是什麼收音機，也不是什麼稿費或評論家。古有明訓：「心中的敵人才是最可怕的。」我的小說至今還寫得如此拙劣不堪，是因為我的心中還是一片混濁所致。

《帝國大學新聞》　昭和十五年二月

織田君之死

織田君[24]一直透露著死亡的氣息。我仔細讀過織田君的兩篇短篇小說後，只見過他兩次，而且第一次認識是在一個月之前，彼此的往來並不深刻。

然而我認為沒有人比我更深刻地理解織田君的悲哀。

第一次與他在銀座碰面時，我感覺非常難過，怎麼會有一個這麼悲傷的男人，因為我眼中看到在他的前方，除了死亡之牆外，別無其他。

這傢伙，帶著死亡的氣息，然而我卻無能為力，我站在前輩的立場給的忠告只是可惡的偽善。我所能做的，除了看著他以外，別無他法。

他是個帶著死亡氣息速速寫作的男人。他讓我覺得這個時代當然要有更多更多這樣的人，然而意外地我找不到，在這個無聊的人世中。

這世界上的大人們，你們或許認為織田君是死於不自重，高高在上地對此表達批評，請你們不要再如此忝不知恥了！

我從昨天讀到辰野氏寫的一篇塞南柯爾[25]的介紹文章之中，引用一句話：「人們說，放棄生存而逃離是一種罪惡，然而那些禁止我死去的詭辯家不時將我曝露在死亡之前，逼我赴死。他們想出的各式革新讓我周圍滿布死亡的機會，他們說的事情引導我走向死亡，他們制定的法律也將死亡贈予我。」

殺死織田君的不正是你們嗎？

他這樣突然死去，是他為自己寫下最後哀傷的抗議詩。

織田君，你幹得好！

《東京新聞》昭和二十二年一月

---

24 織田作之助（一九一三—一九四七），小說家，代表作為《夫婦善哉》。與太宰治等人，被稱為「無賴派」或稱作「新戲作派」的代表人物之一，三十三歲時死於肺結核。

25 Étienne Pivert de Senancour（一七七〇—一八四六），法國作家、思想家。

小說的趣味

小說這東西，本來是女童讀物，換句話說它不是英明的大人該耽讀，且讀完還須拍桌辯論讀後感的東西。那些說讀小說該要正經嚴肅又低頭謙虛的人，如果是開玩笑的話其實並不好笑，若是認真這樣認為的話，那我就不得不把他當作一個瘋子來看待。

比方說，在家裡太太讀了小說，準備要出門上班正在鏡子前打著領帶的丈夫問起：「最近有沒有什麼有趣的小說？」妻子回答：「海明威的《戰地鐘聲》滿好看的。」丈夫邊扣起背心的扣子，一邊心不在焉地問著是什麼樣的故事內容呀，妻子便一頭熱地將大綱娓娓道來，還為自己敘述的這篇故事感動落淚。丈夫穿好上衣，說了一句：「嗯，還滿有趣的」，接著就出門上班，晚上出席某處的沙龍時提起最近的小說，也只能聊聊兩句海明威的《戰地鐘聲》了。

所謂的小說就是這樣無聊的東西，若是要拿來騙女人是很成功的，要騙這些女人可以有各種手法，或是假裝嚴謹或是稱讚其美貌，或是謊稱是名門出身或是賣弄學識，或是不知羞恥地將家醜外揚，如此一來，即使你欺騙婦女同情心的意圖如司馬昭之心，總還是有一些稱為評論家的笨蛋可以為你吹捧一番，而你也能因此掙到一口飯吃，也不算什麼壞差事。

最後我得先聲明，從前有個叫瀧澤馬琴[26]的人，他寫的東西一點也不有趣，然而他幾乎用盡一生所寫的《里見八犬傳》序文有一句話說如果（自己的文章）可以為婦人們帶來一點樂趣，那便是他的福氣。就這樣，他為了要為婦人們帶來一點樂趣，弄得自己的眼都瞎了，即使如此仍執筆不綴，繼續以口述的方式留下筆記，不覺得他真是太蠢了嗎？

雖然只是隨口聊聊，不知從何時起，我總是在失眠夜裡讀一位名為藤村的人的作品，直到天明全部讀盡後才睡去，將那本厚重的書從我枕頭下拿走後我睡得好沉還做了夢，一個跟作品一點關係都沒有的夢。之後我問人，才知他為了寫那部作品花了十年的時間。

《個性》　昭和二十三年三月

[26] 也稱曲亭馬琴（一七六七—一八四八）。江戶時代後期的讀本作家，一生幾乎都以寫稿維生，被認為是日本最早的全職作家。代表作即為知名的《里見八犬傳》，耗費二十八年才寫作完成。

第三章

關於我

我的人生一路走來充滿羞恥。——《人間失格》

不斷地被嘲笑，讓我變強。——《HUMAN LOST》

不斷地被憎恨，讓我變強。——《懶惰的歌留多》

所羅門王與賤民

我出生時就是人生的高峰。先父是貴族院議員，他用牛奶洗臉。他的兒子過得一天不如一天，需要靠寫文章掙錢。

因此我可以理解所羅門王無盡的憂愁以及賤民的骯髒。

《東京日日新聞》昭和十年十二月

頹廢之子、自然之子

太宰治很簡單，只要稱讚他就可以了。「太宰治，你這樣很自然。」以上三項是為了明天住院的準備。這次住院將影響我的一生。

《日本浪漫派》昭和十一年三月

我唯一的恐懼

仔細想想，我們光是可以這樣寫文章，可說是一種幸福。大錯特錯——

《日本浪漫派》昭和十一年一月

Confiteor／認罪

去年底，連續發生了三件讓我無法忍受的事情。我就如同字面上所形容般地火燒屁股，衝出家門，一路行經湯河原、箱根，來到箱根山腳下時，已耗盡旅費，但我仍決意要繼續走到小田原。路的兩旁是蜜柑園，數十輛汽車從我身後超越而去。我連抬頭仰望四周群山都不可得，像隻野獸般伏面而行，自然的嚴峻逼得我就要窒息。我像張衛生紙般被揉躪後，砰地丟棄。

這趟旅行對我而言是一帖良藥。我想要看看人類力量的成果，出門旅行的一個月裡，我將手上的書一本接一本地重新讀過，一點也不誇張，不管是這本還是那本，我都讀不完十頁。我生來第一次體驗到想要向天祈禱的心情：「拜託賜給我好書吧、拜託賜給我好書吧。」然而卻未能碰上一本優良讀物，甚至有兩、三本小說激怒了我。只有內村鑑三[1]的隨筆在我枕邊待上一週未消失，我想從他的隨筆集中引用幾句話，還是不行，我覺得整本書都得拿來引用，這是本可與「自然」匹敵，令人敬畏的一本書。

我得坦白我被這本書牽著鼻子走，其中一點是他幫我說出對「托爾斯泰之聖經」的反感，至此它成為我信仰內村鑑三的一本書。現在的我，只能像隻蟲般沉默。我一步踏進信仰的世界裡，我是這樣的男子，不能更美好，也不會再更卑劣。哎，難以言喻，對饒舌的困惑。一項項都如你所說。現在沉默已來不及了。如此一來，我相信我來到這個國家，是上天的安排（出自謊言的真誠，出於自暴自棄的信仰）。

在這日本浪漫派的一週年紀念號裡，我不再偽裝，一切坦白而言。如果這樣還行不通的話，我只能走上死亡一途。

《日本浪漫派》昭和十一年三月

1 內村鑑三（一八六一—一九三〇），日本作家、基督徒、傳教士，以及明治時代及大正時代的無教會主義創始人。其寫作的專欄廣受歡迎。

一日之勞苦

一月二十二日。

本來想寫一篇名為〈日日之告白〉的文章，突然腦中浮現「一天的難處一天當」[2]於是決定直接改成「一日之勞苦」。

我過著理所當然的日子，沒有什麼特別值得一書的事情。沒有一名演員沒有舞台仍能存在，那實在是太可笑了。

最近我愈來愈自溺於自己的苦惱之中，無法停止自嘲，這是有生以來第一次，明確而客觀地理解自己的才能，發現過去我太小看自身所擁有的知識。像我這樣一名男子，竟然一直被晾在一旁實在太浪費，我開始認真地這麼認為。平生第一次知道自愛這個字的真意，自私自利這個字，就此煙消雲散。

只剩下單純。這樣的單純並不簡單；只剩下耿直，這也不簡單。可以這麼說，值得慶祝，這也不簡單。

這名不簡單的男子，突然振作，卻什麼也不是。沒有什麼該做的事，沒有什麼是他插得了手的，只能苦笑。

放棄發表作品而去從事其他工作，並不是因為作家人太好，而是比惡魔還可怕的事。盡說些無聊事。對訪客感到厭倦，開始下起逐客令。無法阻止，他應該已經做好孤獨的覺悟。反正本來就很孤獨了吧，這也沒辦法。先前腦中構想的長篇小說差不多該著手開始寫了。

討人厭的男人。但我不能害怕被人厭惡，我得讓自己的不討喜開出一朵花。過去，解放與反抗是作家修行的第一步，嚴重的潔癖是必要的。人們也曾對完整與秩序感到憧憬，藝術因此而枯萎。象徵主義是枯死前一瞬的美麗花朵。一群志同道合的傢伙一起在這神壇前殉道，雖然慢了一步，但我也將凍死在這個神壇之下。我本來打算要死的，這個硬頸的北方草包口裡一邊喃喃自語地站起身來大笑，想起來一件丟臉的事。

這草包十分困惑，一時衝動地想死，卻完全做不到，他感到痛苦。

---

2 出自馬太福音第六章二八節之三四：「所以，不要為明天憂慮，因為明天自有明天的憂慮。一天的難處一天當就夠了」。

他想起了一件沒有人知道，令他痛苦萬分的事，是這個煩惱救了他。

我發現了我的稚嫩。當我意識到這件事時，一個人流著淚大笑。

以親和代替排他；以自我肯定代替反省；以革命代替絕望。一切都急劇翻轉，我是個單純的男人。

浪漫的完成或所謂浪漫的秩序之概念解救了我們。對於那些討厭的憎恨的東西，我們小心地整理然後努力一一排除，在做這些事情的同時，日子也就一天天過去。我們不可羨慕希臘，很明顯地那樣的世界不會再重來，我們不得不放棄，不得不割捨。啊啊，古典的完成，古典的秩序，我對於你執著於死的念頭表示尊敬。然後，這麼說。再見了。

從前，在古事記[3]時代，作者即故事中的人物。在那裡，沒有任何的執著，日記本身就是小說，是評論，是詩。

在大眾小說的洪水之中生長的我們，只要繼續這樣走下去就對了。一日之勞苦就是一日的收穫。「不要為生命憂慮。你們看那天上的飛鳥、也不種、也不收、也不積蓄在倉裡。」[4]

真是一筆入魂又高潮迭起，只能瞠目結舌。沒有性格，沒關係；卑屈，沒關係；女性化，也無妨；想報仇，很好；輕佻，更好。怠惰，很好；怪人，很好；妖怪，很好。對於古典的秩序有憧憬或是訣別之類的，全都一肩扛起，就這麼走下去。在這裡可以生長，這裡有發展的路。稱得上是浪漫的完成，浪漫的秩序。這是全新的。就算被扣上枷鎖，也可以帶著枷鎖往前走；就算被釘上十字架，也可以背著十字架向前行；就算是被關在牢籠裡，無法突破牢籠，也還是可以在裡面行走。不要笑，除此之外，我們已愈來愈難找到生存之道，就算現在還能笑得出來，以後有一天你會想著究竟要當個失敗的奴隸還是死了比較好。

忘了說，這是一種觀念、一種覺悟，日常坐臥之間就應該要保持頭腦清晰、深刻用心才行。

因為你很會引導問題而導致我說出重要的事情，這樣不行。多少讓我感到不開心。

我問你，只會說些虛無縹緲話語的人，他的細膩用心，你懂嗎？

我非常地不開心。為了努力讓你多少能明白些，我發覺我自身的焦慮，原來我這麼不高

3 日本最早的歷史書籍，元明天皇命太安萬侶編纂之。

4 出自馬太福音第六章二十五、二十六節。

興。我對於自身的孤獨所陷入的危機感到不開心。這麼一來，一邊自己說是浪漫的完成，十分奇怪。下一瞬一聲響起，這奇怪的感覺也被囊括進去，可稱得上是浪漫的完成。

我是藝術愛好者，好奇心十足。生活即是作品。亂無章法。我寫的東西，不論何種形式，一定都有我最直接的全部存在其中。這份安心其實也沒什麼了不起的，就是直接了當的形式，我自己都放棄了，不管怎樣都不打算有任何改變。

說個笑話給你聽吧。不好意思大聲說，我最近，有點過胖了。生活過得太安逸，身體過於壯碩，悄悄地噤了聲。也許能算是一種大器晚成吧。有位朋友稱讚我的演技可媲美銅像。但沒有合適的舞台，所有的舞台都已被踏破，不如我們換到戶外劇場去吧。

說到演員，彥三郎等人可以讓客人捧腹大笑，然後再小聲地在你耳邊說道：「撒旦一個人啜泣。」這個男人，沒辦法靠演戲吃飯。

作家應該寫大眾小說。

《新潮》　昭和十三年三月

答案落第

「請就小說修業說說您的想法。」這個題目使我困惑。那感覺就像是在應徵工作時接受的考試中，出了小學生的算術題，不論是計算圓面積的公式還是雞兔同籠的應用問題，其實非常簡單只要用代數就可以解開但仍讓我狼狽不堪，等等這類不免令人嘆息的狀態也有點相似。

對於這種種複雜的疑懼，我感到有些羞恥。

就像是站上起跑線，大會還未鳴槍我就已飛奔而出，聽不見裁判的制止聲就這麼拚命地向前衝刺跑完百米，得意洋洋地朝終點線奮力衝去，等待著一群相機的閃光燈打來，我已準備好要微笑以對了，這才發現狀況不對勁，沒有一聲喝采，滿場的人全都滿懷同情地看著這名選手，他這才注意到自己的失敗，然而不管再怎麼羞慚苦惱，都已經於事無補。

而後我再次有氣無力地回到原點，全身早已疲憊不堪，一邊吞吐著慌亂的氣息，一邊重新站上起跑線。且因先前的偷跑，被處罰得退到其他選手一米之後的地方開始，裁判冷酷的聲音響起：「預備！」再次出發。

我搞錯了，原來這場比賽並不是跑百米，而是一千公尺、五千公尺，不，是更長的馬拉松賽跑。

我想贏。不計形象用盡全力地跑得上氣不接下氣，但是我是選手，單純是為了勝利而存在的選手。有沒有哪位高尚之士可以聲援一下這名沒有勝算的選手？

大約幾天前，我為我的生涯劃上句點。我以為我會死，我是如此相信，相信這是我的宿命，必須如此。我冒犯了神明，預言自己的生涯。

以為我會死的，不只我自己，醫生也這麼認為，我的家人朋友也如此。然而我卻沒有死。我一定是受到上天的眷顧，未能得到我所祈望的死亡，反而被賜予現世沉重的苦痛。我極端地肥胖，並不是胖得可愛的那種，不過是又矮又肥，壯碩又醜陋的三十歲男子。神將這名男子投入世間的嘲笑、批評、輕蔑、警戒、否定、蹂躪、輕蔑的火焰之中。男子在火焰中痛苦掙扎，他想，苦痛的叫聲只會助長世間對他的嘲笑而已吧，所以他不願露出任何表情，於是就像這樣，像隻蟲般扭捏。可怕的是，男子日益堅強，變得更加不討喜。

認真，他異常認真，並再次站上起跑點。這名選手覺得自己會贏，因為比的是馬拉松，如果是一、兩百公尺的短距離競賽，這名選手完全沒有勝算，他的腳步太沉重。你看，那笨重的模樣根本像隻牛。

但事情說變就變。若是五十公尺競賽，這個世紀沒有人可以破他的紀錄。他的粉絲紛紛這麼窸窸窣窣地說著，選手自身也悄悄地默認著。這名叫做太宰治、機敏如隼的年輕作家能否再次浴火重生呢？然而我們只見此人頭腦不清楚，文章寫得糟，又沒有學問，什麼都不懂，要說擺著好看，他又長得醜，唯一可取之處只有身體健壯而已。

也許，會意外地長壽。

這些蠢話若要繼續下去是說也說不完，有沒有什麼有建設性的事情可以說說呢？然而要怎麼說才知有無建設性呢？從前有人發明發電機而為人類帶來進步，一名貴婦人問他：「可是博士，發了電之後做什麼呢？」博士感到非常困擾，回問她：「這位太太，對於你剛生下來的小嬰兒你又做了什麼有建設性的事情呢？」他說完便逃走了。幾千年前的地球上有著什麼樣的動物，一億年之中，這個世界如何變化，這些話題有沒有建設性呢？我認為是有的。

虛榮心，不要小看它的強韌，虛榮是無所不在。在僧房裡有、在牢獄之中、連墓地裡都存在著。我們不能對它視而不見，該直接面對它，與自身的虛榮心對話，我從沒想過要對人責難其虛榮，只是我會將自己的虛榮放在鏡子前面仔細照看，看完的結果無須向人提起，沒有必要去說。但是有必要將它放在前後對照的鏡子之前，一旦看了，會引人深思，讓人變得謙遜，甚至開始思考起關於神的問題。

我再說一次，我並不覺得虛榮不好，它有時會與生存欲結合，與高度的現實結合，甚至與愛情結合。我只是覺得有很多思想家嘴上說著信仰、宗教，卻不願去觸碰眼前現世的虛榮，真是太不可思議了。只有帕斯卡爾[5]多少提了些。

虛榮心是顯而易見的，令人懷念的，那樣令人無言的。

全程馬拉松好漫長。現在我想要解決所有問題，慢慢地整理，一天一天，至少不至於後悔地好好過日子。幸福也許再三年後總是會來到的，之類。

《月刊文章》　昭和十三年七月

5 Blaise Pascal（一六二三—一六六二）。法國神學家、宗教哲學家、數學家、物理學家、化學家、音樂家、教育家、氣象學家。

正直的男人

老實說吧。今後我打算要寫的小說或是過去所寫的小說，其實我是不怎麼願意去提及寫這些小說的意圖、期望或是苦心。並不是因為我的傲慢。我試著寫，但若對方不能接受，我也拿他沒辦法，對於我之後想寫的小說我再怎麼熱烈地談論著我的想法，現下我也寫不出什麼優秀的傑作，這點我很明白，現在的我自知作為一名作家有多少力量，現在首當其要的應該是要更坦率些。我聽到很多作家天真地述說著不知天高地厚的抱負時，我好羨慕他們，同時也無來由地對於活著這件事感到痛苦。你懂那感覺嗎？但是我絕對不是在否定這些作家。

吃藥之前我一定會先仔細地讀過隨藥附帶的使用說明書，就連以英文標示的部分我都會以我的破英文解讀，這樣一來才能安心微笑地服用這有效的（它是這麼寫的）藥物，並認為藥效立即發揮而感到滿足，雖然是心理作用。沒有附說明書的藥品就像是沒有弦的小提琴般讓人感到無限地不安。究竟為何沒有說明書就不行呢？

然而藝術能不能說是一種藥，我有些疑惑。請想想具有療效的汽泡水，想想如果人家說交響樂對胃的健康有幫助，或是說賞櫻可以治好積膿症等等，並沒有吧。我甚至這麼想，那些希望藝術能夠附上說明書，說明其意義或利益的人，反而是對於自己活在這世上沒有自信的病弱者。你看看那些活得很好的專業人士或是軍人現在不正能純粹而隨意地享受藝術、享受美嗎？

「你不覺得大仲馬很有趣嗎？波特萊爾的詩是不是很與眾不同呢？我最近讀了點一個名叫顯尼志勒[6]的人寫的短篇，他寫得可好了。」能夠這樣一心無罣礙地享受文學的人，根本不需要什麼說明書。需要說明書這種令人安心的東西只是顯示了你們（請見諒）是病弱者，請振作。

我也許不是個親切的醫生，我從來沒有說過我的作品是傑作，或是糟糕的作品，因為我自知，它們既不是傑作也稱不上糟糕，也許還算不錯，但是至今我尚未寫出一篇傑作，這是事實。前陣子我與一位前輩聊天，談到何不將積藏在我胸中的想法一口氣吐出來，至少寫成一部自己可接受的作品呢？但如果我有自信可以辦到的話，為何現在還會像隻老鼠般四處遊蕩。為何不能夠一身富裕福態堂堂走在銀座的街道、議事堂前、帝國大學的校園裡，表示現在的我還辦不到吧。聽我這番說辭，這位前輩淡淡地說了句：「原來如此，等到有天別人問到你的代表作是什麼，你可以謹慎地回答說是《櫻桃園》、《三姊妹》之流的作品時，那就太好了。」

《帝國大學新聞》昭和十四年五月

6 Arthur Schnitzler（一八六二—一九三一）。奧地利作者、醫生。

困惑之辯

我接到雜誌（《懸賞界》）的邀稿，老實說，我多少有些困擾。我無法立即回信答應，並不是因為我的驕傲作祟，而是完全相反的理由。我並不認為這本雜誌特別低俗。要說低俗，每本雜誌都一樣，而在裡面發表的作品也都不入流，我是比他們更低下的作家，沒有資格嘲笑他人。每個人都有其生存的辛苦，我們只能予以尊重。

我的困惑在別的地方，在於我並不是什麼特別有才華者。編輯寄了這本雜誌的八月上旬號、九月下旬號、十月下旬號三冊給我，翻閱之後我發現這本雜誌的讀者全都是有志想從事文學的人。當人懷有這種心態時就會像是仰望天空般，懷有高潔的希望。但這樣的希望並不會具體地讓人寫出不欺人不自欺的作品，只是一種想要一舉成名天下知的野心，這也是理所當然、無可厚非的事。平時受盡同事的輕蔑，讓兄弟手足擔憂，甚至連妻子情人都不相信自己，只好發憤圖強，從前不也是有個名叫拜倫[7]的人，一日醒來就聞名於世嗎？所以會想要奮力一搏也是人之常情。想到此，他便忍不住興奮衝去書店，首先拿起這本雜誌（《懸賞界》）翻開一看，有個叫太宰，名不見經傳的傢伙，一副了不起的樣子在此發表文章，他其實有些失望。

此人的腦海裡有的是夏目漱石、森鷗外、尾崎紅葉、德富蘆花以及日前剛獲頒文化勳章的幸田露伴。對這些文豪以外的人都沒有興趣，但這也是當然的。此人對於文豪以外的人不感興趣的態度完全是正確的，我希望他能繼續保有這樣的想法。錯的是在這本雜誌裡，一副了不起的樣子寫著文章叫太宰的傢伙。

一點也不有名。這本雜誌的讀者全都是躍躍欲試，希望能夠一舉成名天下知，懷有青雲之志者。他們沒有一絲一毫的卑屈，抬頭挺胸、俯仰無愧。未受過一點傷，沒有一絲污染，這樣的人怎麼能接受太宰這名寫一手爛文章的作家，他沙啞囈語究竟誰能聽懂幾分？我困惑的點在此。

我至今未曾寫出什麼好小說，全都是在模仿別人，沒有什麼學問，才三十一歲，乳臭未乾。若有人說我不懂世間人情我也無可反駁。我什麼都沒有，沒有什麼是足以誇口的，只有一項，如芥子般大的自尊，也因此讓我成為一個十足的笨蛋，只會做些完全無用的，無濟於

---

7 George Gordon Byron（一七八八—一八二四）。英國詩人、革命家。

事的苦工，這也是我這十年來一路自討苦吃的緣由。仔細想想，這對於未來想要成為文豪的讀者諸君而言一點用處也沒有。那些徒勞無功的事，能避就避吧。當然沒有人能夠完美處理所有事，然而我頭腦特別差卻又不知天高地厚地自戀，人家愈是阻止他，他愈想證明這沒問題，愈要逞匹夫之勇，明明不諳水性又要往深潭跳去，馬上就溺水，令人不忍卒睹。

這麼愚蠢的作家，對於未來有志成為下一個鷗外、漱石的此雜誌讀者，究竟該說些什麼好呢？我實在太困惑。

我反而是在惡名昭彰的作者中還算有名的。大家似乎對我有太多誤解，但我想這也是拙稚所致。實在是太難了，我現在還打算一直做下去，即使頭腦不好，一時之間也找不到解決方法，也只有笨拙地慢慢摸索，小心翼翼地向前走之外，別無他法。希望我能活得夠久。

由於我的情況如此，所以沒有什麼話該向諸君說。只有一項，如前所提，芥子般大小的自尊，現在我甚至也想將它消滅。徒勞一點也不值得拿來誇口。然而我僅存的一絲想法要我不能不坦言，至今我都執著於自己愚蠢的徒勞，如果一定要我說的話，大概只有這項。我就是因為這些愚蠢的徒勞，才會至今一事無成，希望諸君可以引以為戒，不要學習我的愚蠢，我想這最消極無力的忠告是我唯一能做的事。我的用意不是要作為燈塔照亮黑暗卻不自誇自己的功勞，而是忠告各位此處危險不要靠近。

有兩、三名學生不時到我住處來找我，每次都讓我感到同樣的困惑。他們當然沒讀過我的小說，懷抱著青雲之志的他們根本不把我的小說放在眼裡。我想他們若有空讀我的小說，還不如去看看國外一流作家或是日本古典的作品，崇拜的對象當然是愈高竿愈好。既然他們那樣輕蔑我的小說，又為何要來找我呢？因為看到我就能安心，除了這個理由之外，我想不到別的可能。才拉開玄關的門，就會看到我坐在那裡，因為我家很小。

他們是特地為我而來，我想沒有人會心懷惡意，特地跑到這遙遠的鄉下來。為了要報答他們對我的知遇之恩，我開門請他們進來。我一點都不了不起，所以我實在無法趕客人出家門。我也不是忙得不可開交的人，要以忙碌謝絕來客我是永遠說不出口。

日本還有很多比我更偉大的作家，請去他們那裡，一定可以學到很多了不起的事，我記得有一次我很認真地跟其中一名學生這麼說，這名學生不好意思地笑了，還老實地說，我們去了也不會被接見吧。我想應該不至於吧，如果對方真的不願意出來見面，那就帶著飯糰在他家門口守著，一、兩夜都好，要是真的那麼尊敬這個人，就算做出這麼冒犯的行動也未必是壞事。我再次認真地告訴學生，他們大聲笑了出來，說在日本作家之中並沒有一個人可以讓他們尊敬到這種程度，如果是要拜歌德[8]或達文西為師，做點犧牲是沒問題的，邊說還邊拿起桌上的甜點一口吞下。青春無垢之時，就是要有這樣的鴻鵠之志。我對這些學生已經沒有什麼可以傳授的了，我被他們瞧不起，然而他們的輕蔑是對的，我又窮又懶，無學又只會寫些不怎麼樣的小說，被他們看不起也是應該的。

你覺得痛苦嗎？我問我這無邪的訪客。啊，痛苦啊，他先伸手拿了一顆甜饅頭吞了之後回答。怎麼可能不痛苦呢，青春是人生的精華，同時也是焦躁孤獨的地獄，不知所措。怎麼可能不痛苦。

原來如此，我點頭同意，就是因為心中苦悶多到要滿出來，才會來找我吧，「說不定太宰治意外地能說出點有用的話」、「哎，算了，那傢伙應該不可靠吧」他們應該是懷抱著這樣的心情晃到這裡來的吧。若真是如此，我應該幫不上什麼忙吧，我什麼都無法教你。第一，我自己都泥菩薩過江了。我頭腦不好，什麼都不懂，至今做了許多蠢事，我所能做的就是不厭其煩地告訴你不要重蹈我的覆轍。不要蹺課，不要留級，作弊沒關係，但至少要混到畢業；盡可能多讀書；不要流連咖啡館亂花錢；想喝酒的話，就跟朋友、前輩一起去吃牛肉鍋順便發洩一下不滿，但是一個星期最多只能去一次；要能忍受寂寞，如果才忍個三天還覺得寂寞的話，那就是有病；今天起只以冷水擦澡；一定要穿束腹；不要跟人家借錢，寧可餓死也不要開口借錢，這個世界不會讓人餓死的，你放心好了；戀情一定只維持在單戀的階段就不要再前進了，主動跟女人告白是男人之恥，只要你有心，對方就會感受得到，只要如此相信，耐心等待，萬事勿急勿躁。漱石四十歲才開始寫小說。

這是愚蠢的我嘔心瀝血的忠告，就像前述一樣盡是些不入流的事，這位學生忍不住捧腹大笑，此雜誌的讀者也一定跟他一樣想要成為明日的鷗外、漱石或歌德，所以對於這一點也不有名也不偉大的作家可怕又低俗的話忍不住笑出來了吧。沒關係，崇拜的對象當然是愈高竿愈好。

《懸賞界》　昭和十五年一月

---

8 Johann Wolfgang von Goethe（一七四九—一八三二）。德國詩人、小說家、政治家。

作家之像

雖然只是十張左右的隨筆也不是寫不出來，但這名作家至今已沉吟了三天，稿紙寫了又撕，再寫又再撕，現今日本正當缺紙的時期，這樣浪費紙張他自己也很心痛，卻還是淚流滿面地繼續寫了又撕。

不能說，想說不能說。可說與不可說之間的區別，這名作家並不清楚。他至今似乎都還沒能接受「道德的普適性」。他想說的事多得是，而且也很想說，但每當他要開口時，總會有某個人的聲音跳出來：「你在說什麼啊，到頭來你還不是在為自己做辯解？」

「才不是，我沒有在自我辯解！」即使我急忙地否定，但在內心的某個角落不免虛弱地肯定對方所言：「說不定也真的是在辯解吧」。我將剛寫好的稿紙撕成二半，再撕成四張。

「我想這篇隨筆應該寫得很差吧。」一開始寫就這麼想，再繼續往下寫沒多少就忍不住撕毀。「隨筆是不容許虛構的」才寫，又撕。雖然想說些什麼，卻還怎麼也寫不出來。

只有面對目標才能不偏不倚地命中，對於其他佳人，一點也不想沾染。我是個沒用的人，每當我想要有積極作為時，結果必定是徒勞無益又傷人。朋友都說我是「熊手」，本來想抓癢卻下手太重抓出傷來。

我讀塚本虎二[9]的〈憶內村鑑三〉，其中有一段話如是說：「某夏，先生在信州的沓掛溫泉與我的孩子玩耍，開玩笑地將熱水淋在他身上，弄得孩子嚎啕大哭。先生一臉悲悽地對我說：『我老是讓人把親切變成仇恨。』」我讀了心有戚戚焉，一時之間無法自己，忍不住撿起地上的石塊想扔向河對岸，不小心因動作太大手肘撞到站在一旁的佳人，害她疼得叫出聲，我冷汗直流，但不論再怎麼辯解，佳人都一臉不悅。也許我的手比一般人長上一倍吧。

隨筆與小說不同，是作者直接表達的字句，若不注意的話很容易傷到別人，即使根本沒有說這個人的意思。說得誇張一點，我一直以來都只是在向上天報告人類歷史的真相，並無挾帶任何一點私怨，但我若是這樣說，他人一定又會嘲笑我而且也不會相信我。

我想我是個極幼稚的男人，也是所謂的「頑固傢伙」，在任何作為之前，都得先找出這麼做的理由才行，例如一夜我若要去喝酒，定得要有什麼理由才去喝。昨天我去了阿佐佐谷喝酒，那也是有原因的，我為這家報紙（都新聞）寫了篇隨筆。我已有題材了，但無論如何

---

[9] 塚本虎二（一八八五—一九七三）。曾任內村鑑三的助手。

都寫不出來。如果不是隨筆而是小說，要多少我都能下筆成章，這一個月來將構思中的短篇小說反覆吟味，如果是讓我寫小說，就能一吐現在鬱悶的心情，至今我都將這腹案小心地收藏著。然而要將此作為隨筆發表，恐怕用詞不當引人誤解，不小心弄巧成拙導致爭端就糟糕了。我想還是謹言慎行，只得想辦法裝傻，甚至於覺得該以「今天天空放晴，我如往常般出門散步，紅梅早早就已盛開，天地有情，春天又將再次來臨。」這種調調來混過去。然而我很沒用，沒辦法妥善地隱藏我的情感。遇到開心的事總忍不住喜形於色，若做了些愚蠢的事，怎樣也無法不表現出沮喪，所以要我裝作若無其事，真是難上青天。於是我這麼寫道：「就算別人不認同，但我還是認為自己是朝著一流作家之路而努力，因此每天都做著不必要的苦工。我有時也覺得自己很笨，或是氣自己氣得面紅耳赤。

一點也不有名的我，卻自以為是有頭有臉的人，進退應對言行舉止上都上十分謹小慎微，在還未變成大事的小事情上戒心，在不足為人道的無聊事情上不准自己出差錯，日常之中若碰上不愉快之事，也得哈哈大笑，一笑置之。以漫不經心的口氣述說對自己失望之感慨：『至今寫不出什麼傑作』。有時會想，我是不是腦袋有問題。

偶爾會有報社要求我寫篇隨筆，我雖奮勇接下委託，實際寫作時卻發現這樣不行、那樣寫也不對勁，一再將草稿撕毀，不過是十張稿紙左右的字數得花上三、四天沉吟構思，希望能寫出讓讀者眼睛為之一亮的隨筆，但卻因為過度沉潛其中，漸漸地忘了目的為何，忘了隨筆本身究竟是何物。

我在收納書的箱子裡翻找出《枕草子》與《伊勢物語》，想據此來探討日本自古以來隨筆的傳統。非得找到靠山，真是個駑頓的傢伙。」

走筆至此，大致上還沒有什麼問題，但接著再寫了一張左右，又覺得這根本拿不出去，氣急敗壞地把寫好的稿子又全撕了。明明再多一會兒就能寫出些名堂。

我想寫一篇短篇小說，在完成之前，我不想要任何人對我留下印象。我知道那需要費心費力，同時也是很奢侈的堅持，但我想盡可能地隱藏自己、想裝傻到底，這對我這般單純的人來說，是極為困難的事。我昨天也非常煩惱沒有隨筆的題材可寫。不如寫死去的友人好了，還是旅行的事？或者寫日記呢？我至今沒寫過日記，我不會寫日記。

對於一天之中發生的事，哪些該省略不提，哪些又該記錄，我不知取捨的界限在哪裡，最後一定會全部寫下來，成為一天的流水帳。因為想要正確記錄，將一天結束時、進入沉睡之前的所有事情滴水不漏地記錄，這其實很麻煩。再者，所謂的日記，是不是一開始就該考慮到是要寫給別人看的，或是應該視為只有神與自己存在的世界呢？這個問題也讓我非常苦惱。結果，我本來買的是日記本，卻拿來畫漫畫或是隨手記了朋友家住址之類的雜事，根本無法寫每天發生的事。但是我們家的人好像會寫日記，於是我借來看，並決定要在上面寫下我的注釋。

「你是不是在寫日記？借我看一下吧。」我一派輕鬆地開口，但不知為何，他竟來個相應不理。

「不借也沒關係啦，那我要喝酒。」聽起來像是唐突的結論，但並非如此。只是沒有別的路可以讓我從這篇隨筆中逃走。這是有理由的，要是沒有理由我是不會讓自己喝酒的。昨天也是因為有理由，我一臉愁苦地到阿佐佐谷去喝酒，在阿佐佐谷的酒店裡，非常專心地飲酒，不像現在我胸懷大志，所以無法放鬆。我模仿著權威者沉穩的模樣，靜靜地喝酒，但是一喝醉就完全走調。

我抓著兩名看上去像是紈絝子弟的人滔滔不絕地說：「你們知道愛是什麼嗎？愛是盡義務，真是可悲啊。也有人說愛是固守道德，更甚者，說愛是肉體上的擁抱，這些都是泛泛之言，也許是對的也不一定。但還有一項，還有一項什麼代表愛。聽好囉，所謂的愛，我也不知道是什麼，如果有人知道的話，再跟我說啊。」就這樣聊些屁話，爛醉如泥。

《都新聞》昭和十五年三月

容貌

我的臉最近好像又大上一輪，本來就不小了，這一陣子又變得更大。人家說美男子應是有張小巧秀氣的臉，我想應該沒有什麼例子可以證明有大臉美男子的吧，光是想像也很困難。臉大的人從一開始就乾脆放棄，似乎也只能追求偉大、莊嚴、宏大等讚美的字眼。濱口雄幸[10]是個異常大臉的人，也確實不是美男子，但看上去卻是那樣莊嚴。我想一個人的容貌應該也與其修養有關，如果我想要變成那樣，那麼除了要有像濱口先生般的修養之外，別無他法。

臉變大之後，若不多加注意，就會讓人誤以為是一臉傲慢，讓人覺得那傢伙不知在不高興什麼，老是板著一張臉，甚至會遭受到意外的攻擊。有天我去新宿的一家店，一個人喝著啤酒，有個女人自動靠了過來，劈頭就說：「你好像是個閣樓裡的哲人，一副了不起的樣子，但是對女人來說並不討喜哦，自以為是藝術家是不行的，所謂的夢想還是丟一丟吧。什麼生而為歌的詩人吶，好了不起喲。拜託你來這種地方之前先去給牙醫看一下好嗎？」我的一排牙齒東缺一顆西缺一顆。我無話可說，只好買單，之後的五、六天都不想再出門，靜靜地在家讀書。我想只要鼻子沒有變紅就好。

《博浪沙》昭和十六年六月

10 濱口雄幸（一八七〇—一九三一），日本大正、昭和初期政治家，日本第二十七任內閣總理大臣。

某種忠告

「該作家的日常生活，完完全全地表現在其作品之中，無法有半點修飾，寫不出超過生活範疇外的作品。明明過著糜爛的生活，卻能寫出優秀的作品，對他來說是不可能的事。

就算好不容易在《文人》交到文友，也不會有多開心。戴著宗匠頭巾[11]說出：『最近的年輕人連介系詞都不會使用，真是讓人不忍卒睹。』這樣的句子，真是讓我想吐。就算人家再怎麼以『老師』稱呼我，也不會有多開心。路邊擺攤算命的，也是老師啊。就算世人待之以名士之禮，招待我去看電影試映或是相撲比賽，也不會有多開心。最近多了點收入，也不會有多開心。哪有不好好寫小說，就被人捧成名士的道理。特別是要賺錢的話，還有其他許多方法，要多少有多少吧。

為的是出人頭地嗎？剛開始寫小說時，那近似悲壯的覺悟到哪去了？

你這傢伙真是心胸狹小。是不是在裝傻呀。還是有打算要寫些什麼呢？據時事評論的說法，你的心境似乎愈來愈澄淨了呢，啊哈哈。是因為家庭幸福嗎？並不是只有你才結婚有老婆好嗎。

你這傢伙真是桀傲不遜啊。你是不是一瞬間臉色變得慘白了呢？正在讀《萬葉集》吧？請不要欺騙讀者。要是太小看人，我會把真相都抖出來，不要以為我不知道你在搞什麼鬼。

你問我是不是責任太重呢？我不知道。責任是一天比一天還重，本來就是這麼艱苦，即使如此還是要正面迎戰，努力求生。比起明日的生活計畫，今天忘我的激情更為重要。想想那些行走在戰地上的人們。我認為，正直不論在哪個年代都是一種美德，不可含混誆騙。比起明日痛定思痛的覺悟，今日拙劣的獻身才是當下必要的。你們的責任重大。」

有位詩人到我家來向我說了前述這段話。這個人並沒有喝醉。

《新潮》昭和十七年一月

---

11 和歌、茶道、花道大師常會戴的頭巾，圓筒平頂。

談談我的半生

生長與環境

我出生於鄉下所謂的有錢人家，有多位兄姊，身為么子，我的成長過程衣食無缺，因此養成我不懂世事又極度害羞的性格，我感覺在別人眼中的我，似乎是個以害羞個性為傲的人。

因為有著幾乎是無法對人開口說話的軟弱性格，從小到現在自覺生活能力接近於零，可說是厭世主義者，感覺不到求生的欲望，只想提早逃離這恐怖的生活，從小我就一直想著該如何與這個世界說再見。

這樣的性格可說是促使我以文學為志的動機吧，我感覺不論是養育我的家庭或雙親或是所謂故鄉的概念，都在我身上根深柢固難以拔除。

我也許在自己的作品中表現得讓人感覺是以我的出身為傲，事實卻是相反，提到自家的事是十分謹慎，幾乎只有一半是真，不，甚或是更曖昧委婉的。

總是被放大檢查，不知為何我總是因而被人指責、仇視，這恐怖的感覺一直糾纏著我。因此我想要故意過著最低限度的生活給別人看，或是遇到再骯髒的事都要表現出不以為意，但我連繫繩子都不會。

這大概就是別人無論如何都會無來由地覺得我很自負的最大原因。但如果讓我說的話，這也是構成我個性軟弱的最大理由，也或許才會因此有好幾次想要把自己身上所有的東西全都掏出來給人的念頭。

例如談戀愛，雖然偶爾也是會有女性主動向我示好而接近，但我討厭別人認為我不過是因為身為有錢人家的小孩才讓女性對我有意思，所以有好幾次的戀愛我都自己斷送。

現在我的兄長是青森縣民選知事，如果對女性提到這件事，很難不被認為是以此作為追求女性的手段，因此我反而更加努力地扮演一個吊兒郎噹的公子哥，讓自己看起來那麼接近愚蠢者。這是我至今無論如何無法找出解決方法的問題。

文壇生活？……

當我還在東大法文科混的二十五歲時，改造社出版的雜誌《文藝》要我寫幾篇短篇，那時我剛好寫了篇名為〈逆行〉的短篇便寄去了，之後兩、三個月左右，在報紙的廣告裡與其他前輩的名字一同大大地被刊登於上，之後的某日便入圍了第一屆芥川獎的候選名單。與這篇〈逆行〉的時間幾乎沒差多久，也在同人雜誌《日本浪漫派》上發表了〈道化之花〉，受到佐藤春夫老師的推薦，此後得以有機會在文學雜誌上不斷發表作品。受此鼓舞，自己也暗暗地抱著能夠就此站上文壇，或者說是可以靠寫小說維生的希望，此時大約是在昭和十年左右。

回頭想想，自己似乎沒有非常明確的動機以文學為志，幾乎是在不明白甚至可說是無意識之下，不知不覺地走在文學的原野之中，當我發現時，已經走到往前需千里，往後亦需千里的狀態之下，進退不得地處於文學之野的正中央，我想若形容那心情是極度驚訝也不為過。

前輩、喜歡的人們

我會拜託對方與我往來的前輩大概只有井伏鱒二先生一人，以及評論家河上徹太郎、龜井勝一郎，此二位是因《文學界》的關係而成為一同飲酒的朋友。還有一些前輩的年紀若要說是與他們交友可能會有些失禮，如曾讓我到家裡拜訪的佐藤老師以及豐島與志雄老師。其中井伏先生是為我與內人作媒的恩人，與我家有更進一步的交情。

井伏先生有包含早期的《深夜與梅花》等諸作品，在我心目中可說是如寶石般閃閃發亮，讓我聯想到嘉村礒多等從前那些偉大的人們。

這也許是我這樣個性軟弱的人之特徵吧，對於驚動大眾、受到尊敬的作品，我一概抱持著懷疑之心。

明治文壇中我認為國木田獨步的短篇非常優秀；若只談十九世紀法國文學，不心服於當時的所謂大文豪如巴爾扎克、福婁拜等人，就會被說是缺乏文人的資格，或是沒有常識，然而我卻認為這些大文豪的作品我並不是真的那樣喜愛，反而愛讀繆塞[12]、都德[13]，之流的作品。若是俄羅斯文學，一般常識中也都認為若不感動於托爾斯泰、杜斯妥也夫斯基之作，就沒有資格稱為文人，這道理也許沒錯，但我還是覺得契訶夫或是俄羅斯作者中無人可及的普希金[14]才是最優秀的，我為他們傾倒。

我並非怪人

在上個月的《小說新潮》所舉辦的文壇聚會「話之泉」上，我似乎被貼上了標籤，他們說我是個怪人，但我的小說不過是標新立異而與眾不同，讓我暗暗地感到有點憂鬱。我想，這世上被稱為怪人、奇人的，通常都是意外地沒有自信、心胸狹小的人，為了保護自己而偽裝出來的居多，對於生活，其實並沒有太大的自信吧。

我不覺得自己是個怪人，也不是什麼奇男子，反而是非常地遵守那理所當然又老舊的道德傳統的男人。然而很多人卻認為我會完全無視於道德規範的存在，事實上是完全相反。

然而，如前所述，我個性軟弱，所以對於這項弱點也只有乖乖認分，此外我也無法與他人辯論，要說這也是我的一項弱點也是可以，但我想還是因為我多少是有點基督教主義者的關係吧。

說到基督教主義，我至今仍住在一間如同字面意義「荒家」一樣的破屋子裡，當然我也想住在一般的房子，也覺得孩子們很可憐，然而無論如何我都住不起一間好房子，並不是因為什麼無產階級識或是無產主義的關係，而是因為我頑固地遵守著基督教的「汝當愛鄰如愛己」之教條。但是我最近也深入地思考著，我似乎也沒能徹底執行所謂的「汝當愛鄰如愛己」，人都一樣自私，所以這樣的思想也只是在逼人去死罷了。

我在想，我一定是對於這項教條有所誤解，那應該是有別的意義才對吧。當我這樣想時，一直著眼於「如愛己」這幾個字，所以還是得要先愛自己才行，若是厭惡自己，甚或是虐待自己卻說要愛人，不就等同於自殺嗎？我雖然稍微地認識到這點，但也不過是處於理論的階段而已，我對於世人的情感還是維持一貫的低調害羞，一直以來總是感覺自己走路時

---

12 Alfred de Musset（一八一〇—一八五七），法國貴族、劇作家、詩人、小說作家。

13 Alphonse Daudet（一八四〇—一八九七），法國寫實派小說家。

14 Aleksandr Pushkin（一七九九—一八三七），代表作有《自由頌》、《上尉的女兒》等。

非得駝著背矮了二寸，同時也發現我的文學觀似乎也是如此。

此外我也實際感受到所謂的社會主義果然是正確的。今日我們總算來到社會主義的世界之中，像片山總理等人可以成為日本的掌舵者，真是令人欣喜，然而我仍舊與以前一樣，不甚或是得較以前過著更加荒涼的生活。最近並不會感傷地去想到自己的不幸，或是自己這一輩子都不可能得到幸福了，反倒是有種終於明白的感覺。

這樣東想西想，我開始想喝酒想得不得了。酒雖然不會左右我的文學觀或是作品，但是對我的生活有很大的影響。如前所述，我就算與人面對面也無法完整表達想法，「如果當時這樣說的話就好了」事後才對於想說卻說不出來的情況感到扼腕。與人會面時總是感到頭暈目眩，卻又覺得不說點什麼不行，只好猛喝酒。這對健康有害，也不時讓我的經濟出現危機，使得家裡愈來愈貧寒。每天入睡前總是想著許多改善的辦法，但問題似乎已經嚴重到我死都無法改變的程度了。

我已經三十九歲了，想到今後還要這麼過下去，我沒有任何自信、束手無策。所以像我這樣所謂的米蟲，還要養妻養子，我想世上大概沒有比這更悲慘的事情了吧。

《小說新潮》　昭和二十二年十一月

早上

我最喜歡遊玩，在家就算無所事事，也會處於一心等待有朋自遠方來的狀態，要是玄關一有動靜，我雖是皺眉癟嘴一副被打擾了的樣子，但實際上卻是萬分雀躍，立刻拋下正在寫作的稿紙，迎接客人的到來。

「啊，不好意思你在工作吧。」

「不要緊，找我有什麼事嗎？」

旋即跟這名來客一同出遊。但也不能都不工作，所以我在某個地方設了間祕密的工作室。那在何處呢？連家裡的人我都沒讓他們知道。每天早上大約九點左右，我就帶著家人幫我做的便當，到這個工作室上班，因為不會有人到這祕密工作室找我，因此工作大致都能照計畫進行。但是一到了下午三點左右，一方面是工作累了，再則想要有人可以說說話，因而想要上街走走，於是適時地將工作告一段落，踏上回家之路。回家的路上不時會被關東煮小攤等給吸引，到家時已是深夜。

工作室。

但那工作室是一名女子的房間，該年輕女子一早就出門，到位於日本橋的某銀行上班，在她出門後我才去那裡，待上四、五個小時左右，並在女子從銀行下班回來之前離開。她並不是我的情人，我只是跟她的母親認識，她母親因為某些緣由，與這名女子各分東西，目前在東北過生活，不時寫信給我，對於女兒的婚事尋求我的意見之類的，有時我也會應她要求去見她所中意的青年，寫信回覆她說：「他應該是個好女婿吧，我贊成。」這類受人之託所相應該說的事。

但是如今我不禁感到，女兒比母親更加信賴我。

「阿菊，我前一陣子跟你未來的丈夫碰面了哦。」

「是哦？如何？你應該不怎麼喜歡他，對吧？」

「嗯，有這麼明顯嗎？不過，跟我比起來，不管是哪個男人看起來都是笨蛋吧，你只能勉強接受啦。」

「說的也是。」

這女孩似乎打算乾脆地就跟那青年結婚了。

前幾天晚上，我喝了許多酒。不，其實每天都喝很多，所以也不值得大驚小怪的，那天就是從工作室回家的路上，在車站遇到了許久不見的朋友，便帶他去我很熟的關東煮店大吃大喝了一頓，正當我覺得已經接近飲酒過量之時，雜誌社的編輯說他猜到我應該會在這裡，於是帶了瓶威士忌來找人，我只好繼續陪他喝完那一瓶威士忌，覺得都快吐了，自己都覺得快撐不住想要躲到一旁之際，這下又換成友人說要換個地方回請我，於是又搭了電車來到友人相熟的料理店，在那裡又再喝了日本酒。最後終於要跟友人及編輯分開的時候，我已經醉得走不動了。

「你給我站住，看起來根本就不可能走回家，就在這裡睡了吧，拜託你。」

我就這麼把腳伸進暖桌裡，連披風都沒脫下就直接睡著了。半夜突然醒來，伸手不見五指，幾秒之間，我以為是睡在自己家裡，但稍微動一動腳，發現自己連襪子都沒脫，當場嚇醒。完了！糟了！

啊啊，這樣的經驗我該不會至今已經犯上幾百次、幾千次了吧。我忍不住唉了一聲。

「您會冷嗎？」阿菊在黑暗之中開口。她似乎也是將腳伸進暖桌裡睡著，與我呈現直角狀。

「不，不冷。」我坐了起來，說：「我可以開窗戶尿尿嗎？」

「沒關係啊，這樣還比較方便呢。」

「阿菊也常常這麼做吧。」我起身按了電燈的開關，卻沒亮。

「停電了。」阿菊小聲說道。

我手扶著牆好不容易才摸到窗邊，還踹了阿菊的身體一腳。她直盯著我看。

「這樣不行。」我喃喃自語地唸著，終於摸到了窗簾，推開它開了窗，然後發出流水聲。

「阿菊的桌子上有一本《克萊維夫人》（*La Princesse de Cleves*）吧。」

我像之前一樣邊躺下邊說道。

「當時的貴婦人也都是一副理所當然地在宮殿的庭院裡或是走廊的樓梯暗處小便哦。所以啊，像這樣打開窗戶尿尿，本來就是很高貴的行為。」

「喝了酒就會如此吧。貴族不是邊喝邊睡的嗎？」

好想喝酒，但是再喝會出事的。

「不，貴族都很怕黑，因為他們本來就很膽小啊，若是在黑暗之處就會害怕得不得了，所以一定要點蠟燭。點蠟燭的話，就可以喝酒了。」

阿菊默默地起身，然後為我點起了蠟燭。我鬆了一口氣，心想今晚應該不會發生任何事了。

「放在哪裡好呢？」

「聖經裡說要把燭台放在高處，所以還是放高點好，就在那個書櫃上頭如何？」

「酒呢？要用杯子喝嗎？」

「深夜的酒，要倒在杯子裡，聖經裡也是這麼說的。」我說謊。

阿菊呵呵笑著，一邊將酒倒進一個大杯子裡端來給我。

「還剩下一杯左右的量。」

「不，這樣就夠了。」我接下杯子，咕嚕咕嚕地大口喝下，一口乾了之後仰躺而下。

「我再睡一下，阿菊你也快休息吧。」

阿菊也再度與我呈直角地仰著躺下，但是她不斷眨著她那有長長睫毛的大眼睛似乎是睡不著。

我靜靜地望向書櫃上，蠟燭的火焰。那火焰就像是生物般高高低低地舞動著，我看著看著突然想起某事，不禁感到恐怖。

「這蠟燭好短，很快就會燒完了吧，沒有長一點的嗎？」

「只有這一枝。」

我再度沉默，有種想要向天祈禱的心情。拜託在蠟燭燒完之前讓我睡著或是讓我從那一杯酒的醉意中醒來吧，不管哪一種都好，不然阿菊會有危險。

火焰愈燒愈小，蠟燭一點一點地變短了，我一點睡意都沒有，更別說要從酒醉中醒來，根本就是五體發熱，愈來愈大膽了。我無意地嘆了一口氣。

「您要不要把襪子脫了呢？」

「為何？」

「這樣比較暖啊。」

於是我照她所說地脫了襪子。不行了，蠟燭一旦熄了，就完了。

就在我有所覺悟之時。

火焰將熄未滅，痛苦地扭動掙扎，一瞬間化成巨大的光亮，接著發出嘶嘶聲，最後愈來愈小愈來愈小，熄了。

天也漸漸變亮，房子裡有了淡淡的光明，很快地黑夜就要過去了吧。

我起身，準備要回家了。

《新思潮》 昭和二十二年七月

懶惰的歌留多

我的多項惡德之中，最為顯著的是懶惰，這已是無庸置疑，無人可及，只有關於懶惰之情事，我是貨真價實的。這不是什麼值得說嘴的事，就連我自己都對此瞠目結舌。這是我這最大的缺點，確實應該引以為恥的缺點。

很少有哪項惡德像懶惰這樣可以找到這麼多辯解的藉口。臥龍。我是在思考。徒勞無功，面壁九年。想要將想法更加精練、讓思想成形。雌伏。賢者若是思動，必露愚色。熟慮。潔癖。執著。我的苦，沒有人懂吧。仙脫。無慾。要不是生不逢時啊。沉默是金。塵事繁雜。房角的基石[1]。時機尚未成熟。棒打出頭鳥。沒有比躺在床上滾更令人高興的事了。天衣無縫。桃李不言，下自成蹊[2]。絕望。對牛彈琴。一朝被蛇咬，十年怕草繩。隱諱不宣的國家。愚蠢。大器晚成。自矜、自愛。最終會有福來。等等他們的隨意想像。死後的名聲。換句話說，要的是地位，因為是權威。晴耕雨讀。三度推辭不為所動。海鷗是聲音沙啞的鳥。與天交手。紀德[3]又何曾是有錢人？

一切都是無用之人的藉口。我其實覺得很丟臉，就算苦，也不足為人道。為何不寫呢？因為身體不太舒服之類等等，走投無路只好頭低低地一副可憐地（去向編輯）告解，但是你看過有病人可以一天抽上五十根以上的ＢＡＴ[4]，喝起酒來，不費吹灰之力地乾掉一升，接著還能扒完三碗茶泡飯的嗎？

簡而言之，一切就只是因為一個懶字。一直這樣下去，怎麼看我都是個沒有前途的人。是的，若一切都是註定的，我也很難過，我們不能再這樣放縱自己。

不管是感到苦澀也好、自命清高也罷，還是純潔、率直，這些理由我都已經不想再聽，寫就對了，管你是落語還是笑話，寫不出來全都只是因為懶惰。愚蠢的盲目信從。人做不了超出自己能力的事情，也辦不到自己能力以外的事，沒有權利說不工作，否則就不配稱為人。

一想到此，也只能心不甘情不願地坐在書桌前，但卻什麼也幹不了，支手托腮，發呆，也沒有特別想什麼深遠的事，這世上再也沒有比懶惰者的空想更愚蠢而無用的了。這也算是

---

1 蓋房子時，所放下的第一塊石頭，用以定位。聖經中的房角石多指耶穌：「匠人所棄的石頭，已成了房角的頭塊石頭。（詩118：22）」

2 喻待人真誠，自然會受到尊敬。出自《史記・李將軍列傳》。

3 André Paul Guillaume Gide（一八六九—一九五一），法國文學家、諾貝爾文學家得主。

4 Golden Bat，日本菸草的牌子，簡稱Bat。因為便宜，隨著每次使用的分量等因素表現出來的味道也很不盡相同，顯得有個性，在日本詩人、作家之間很流行抽這種菸。

一種壞事傳千里嗎？這懶惰者的空想竟然一發不可收拾地狂奔。究竟想了些什麼呢？這名男子現在考慮要去旅行，但是坐火車很無聊，還是搭飛機好了，不知道會不會很晃？在飛機中可以抽菸嗎？穿著高爾夫球褲、吃著葡萄坐在飛機裡，應該很酷吧。吃葡萄到底要吐葡萄籽還是直接吞下去呢？我想要知道正確的吃葡萄的方法等等，可說是漫無目的地想著這些事情。突然匆忙地打開桌子的抽屜，在裡面東翻西找，好不容易找到一枝掏耳棒，煞有其事地開始掏起耳朵。這枝竹製的掏耳棒一端是毛絨絨的白色兔毛，男子用那兔毛在自己耳中搔呀搔地，舒服地忍不住瞇起眼。挖好耳朵了。無所事事。之後又開始在抽屜裡找呀找，找到防感冒的黑色口罩，二話不說地就往臉上戴，挑著眉，眼睛溜溜地轉呀轉地，東看西看。無所事事。脫掉口罩，收回抽屜裡，啪地一聲關上。又再支著臉。玉米是種低賤的食物。有沒有所謂的正確的吃法呢？啃玉米的樣子就像是拚命地吹著口琴般……等等的蠢事，在腦中不斷冒出來。不管想的事情是多麼天馬行空，最後好像總離不開吃的東西。而且這名男子根本沒有味覺可言。比起味道，還比較關心怎麼吃。對於須費力吃的食物，他看都不想看一眼。例如秋刀魚之類的，吃起來也許很美味，但是因為有刺，這男子就是討厭，所以就一副討厭吃魚的樣子，並不是因為味道的關係，而是覺得要挑刺很麻煩。就算是高價的料理，如鹽烤香魚等，他也不喜歡。遇到這樣的菜時，總是一臉不好意思，稍微用筷子挑個兩下，就放著再也不去動它。他喜歡玉子燒，因為沒有刺。喜歡豆腐，也是因為吃起來不用費力。喜歡喝的東西，牛奶、湯、葛湯[5]，無關美味與否，只是因為吃起來不麻煩。說起來，這男子也不太分得出寒暑。夏天，不管再怎麼熱，也不會拿扇子來搧，因為嫌麻煩。如果有人跟他說，今天真的好熱耶，然後拿出一把扇子給他，他才會發現，是哦，今天有那麼熱嗎？急急忙忙地拿起那扇子搧呀搧地，一副很涼爽的樣子，但是很快地又覺得厭煩，停下搧扇子的手，無意識地將那扇子放在膝上三不五時逗弄一下。他應該也不知道冷。如果沒有誰為他將火盆燒好炭給他，他可能就會一整天抱著沒有火的火盆發呆，動也不動。若沒有人注意他，就會不論是在晚秋、初冬、嚴寒，都默默穿著夏天的白襯衫，還一副沒關係的樣子。

我伸長了手，從桌子旁邊的書架上抽出一本某日本作家的短篇集，忍不住癟嘴。我開始像是在顯微鏡下探究些什麼的心情，仔仔細細、恭恭敬敬地一頁、一頁慢慢地翻閱。該作家

[5] 以葛粉加水煮，以糖調味，帶點黏稠性的甜湯。容易消化，從前是拿來當嬰兒離乳食或是給病人吃的流質食物。

被稱為當代巨匠。他的文章雖奇特，卻很容易讀，我通常是在這樣一個心靈空虛之時試著拿他的書來讀，應該算是喜歡吧。本來是正經八百地讀著，突然哇哈哈地笑了出來。這名男子的笑聲很有特色，像是馬在笑一樣，令我瞠目結舌。書裡寫到被視為作家本人化身的主角，一臉正經地帶了條包袱巾從湖畔的別墅來到街上要買晚餐的配菜，但描寫主角歡天喜地的樣子讓我不爭氣地笑了。明明是個老大不小的成熟男子，竟然會聽從老婆的命令，帶著包袱巾，高高興興地來到街上買蔥，實在是太糟糕了。他一定是個懶惰的人，這樣的生活實在太不妙。他一定是在家無所事事地晃過來晃過去，老婆實在看不下去了，就教他出門去買晚餐要用的菜。這事常有。被指派，哦，蔥五錢吶，點點頭，真是個白痴，好好地整裝，覺得自己有那麼點小小地用處就開心了，高高興興地拿著包袱巾出門買東西。真是丟臉、太丟臉。你不應該是個粗眉、剛刮完鬍子的下巴還留著青色痕跡的大男人嗎？我感到有些不忍卒睹，闔上那本書，放回書架。之後又繼續無所事事。支手托腮，發著呆。懶怠者要是拿陸上動物來比喻的話，首先想到的應該是上了年紀的病犬吧。目空一切，攤著四隻腳，僅有肚子還有起伏，在太陽下睡一整天，就算有人從旁邊走過，牠也懶得叫一聲，只稍微張開眼默默地目送他離去，然後再次閉目。又髒又臭。若是以海洋生物來比喻，大概是像海蔘吧，令人無法忍受、討厭。還算是個人嗎？黏呼呼地巴在石頭上，不時動一下指頭，然後，什麼也沒有在想。啊啊，真是太令人無法忍受了，我猛然起身。

沒有什麼好嚇一跳的。我去了廁所才來的。很多事情是不值得期待的。我站著，想了一下，於是往隔壁的房間走去。

「有沒有什麼事我可以幫得上忙的？」

隔壁房間裡，家人正在縫東西。

「啊，有的。」他頭也不抬地回答著：「你幫我把這熨斗加熱後放著。」

「哦好。」接下熨斗，一個大男人又再次坐在桌子前面，一口氣將那熨斗插進一旁火盆的灰燼中。做完這個動作，像是完成了什麼大工程般，心情沉靜，點了根菸來抽。這跟什麼帶了條包袱巾上街買蔥的情況根本沒兩樣，甚至更糟。

他愈來愈啞口無言，恨不得想殺了自己，「算了啦！」自暴自棄地寫下幾個字，竟然是「懶惰的歌留多」。一個字一個字地，邊想邊寫下，慢慢建構出通篇旨趣。

對生存感到心焦，為感受而焦急[6]

維娜斯自海上的泡沫中出生，在西風的引導下，隨波漂流到賽普勒斯島（Cyprus）海灣上岸。她的四肢是那樣優美細長，她動作緩慢而優雅，乳白色的皮膚每一分每一吋，不論是耳朵、臉頰還是手心，都一樣透著淡淡的玫瑰色，秀氣的臉龐清淨，全身上下散發著檸檬般的清香。眾神被維娜斯的美貌所迷倒，崇拜地說她正是愛與美的化身，心底也悄悄地懷著不當的想望。

維娜斯乘著天鵝拉的雙輪車，於森林中、果園裡遊玩，對她抱著不當懷想的數十位神明就跟在那雙輪車後追著，一邊吸著撲撲的灰塵，一邊拭汗。玩累的維娜斯在森林深處的冷泉邊掬水洗著滲出汗水的四肢，一旁的樹間或是茂密的草叢中就會透出那些神明們怪異的眼神。

維娜斯想，與其這樣每天被這些懷著奇怪念頭的神明打擾，不如委身於其中一人吧，乾脆將這個身體交給某一個男人吧。

維娜斯決定，在一月一日清晨，前往眾神之父朱庇特[7]的宮殿路上遇到的第三個男人，就是我維娜斯一輩子的丈夫。啊，天父朱庇特啊，求求您，賜給我一位好丈夫啊。

元旦，維娜斯頭披著雪白的頭巾飛也似地出門，在森林小徑上遇到了第一個男人，是位看上去很邋遢、滿身都是毛的男神。在森林出口的白樺樹下，遇見了第二個男人，維娜斯突然停下腳步，這男人是個精神奕奕的美男子，在朝霧中插著手，對於維娜斯的美貌毫無所動，自顧自地緩步前行。「啊，就是他了！第三個人就是他，第二個人，第二個人是這白樺。」維娜斯如此喊叫著，就朝那雄壯威武的廣闊胸膛投奔而去。

在被決定的命運之中，隨風飄逸，然後在關鍵性的時刻，奮力一搏，創造更好的命運。在宿命與一點點的人為技術下，維娜斯的婚姻幸福美滿。那雄壯威武的胸膛，即是朱庇特的傳人，雷電之征服者伏爾坎[8]。他們生下的可愛孩子叫丘比特[9]。

---

6 い、生くることにも心せき、感ずることも急がるる。

7 Jupiter，古羅馬神話中的眾神之王，相對應於古希臘神話的宙斯。

8 Vulcanus，古羅馬神話中的火神，跛足，相傳是被他父親朱庇特打的。

9 Cupido，古羅馬神話中的愛神。

諸君在二十世紀的都會馬路上，也要像這樣趨吉避凶，當你暗自在心裡試驗時，也未必要死守第三人，審時度勢，就算是電線桿、郵筒、路樹有時也可以充當一人，如此雖不能保證可以生出丘比特，但至少可以確定能得到伏爾坎。請相信我。

牢房是黑暗的[10]

牢房豈止黑暗而已，冬寒夏熱，蚊群百萬，令人難以忍受。能避則避。

然而，我不時在想，修身、齊家、治國、平天下，這樣的順序實在沒有必要嚴守，有時候也得承認一身雖不修，一家雖未齊，卻能治國、平天下。倒不如把那順序倒來，平天下、治國、齊家、修身來得爽快。感覺真好。

我欣賞河上肇[11]博士的性格。

母親啊，為自己的孩子發怒吧[12]

「不！我不相信。錯的是你，那孩子是那麼溫厚，總是保護弱者，他是我的孩子。哦，好好好，你不要哭。這樣你母親來的話我就不讓他碰你一下哦！」

不斷被憎恨，讓我變強[13]

你偶爾也寫一下正經的小說吧。最近好不容易世人對你的評價稍稍好轉，竟然又寫了那有氣無力的歌留多，真是令人傷腦筋。這下子，大家又會開始懷疑你的病是不是還沒有完全治好。

---

10 ろ、牢屋は暗い。
11 河上肇（八七九—一九四六）。日本經濟學家、作家，後投身社會運動，參加日本共產黨的地下活動，譯有馬克思的《資本論》。
12 は、母よ、子のために怒れ。
13 に、憎まれて憎まれて強くなる。

我猜我的那群好朋友會這樣擔心我，但我想他們可以放心啦，我又不是老人。最近我感覺到，其實也沒有什麼事，一切都從頭開始。我的文筆還不成熟，一篇文章得要反覆思量邊想邊寫，裡面也都還是滿滿的關於自己的事。喜怒哀樂，一天一天如何度過的流水帳。我發現，果然三十一歲只能做三十一歲會的事。看似理所當然，對我而言卻是驚人的發現。我還遠遠無法寫出像《戰爭與和平》、《卡拉馬助夫兄弟們》那樣偉大的傑作，我可以確定，我絕對寫不出來。就算有心想挑戰，卻也沒有力量可以抵達那種境界。然而我並不因此而喪志，我打算要活得長久，終我一生來努力。最近我終於能有這樣的覺悟了。我喜歡文學，只有這一點是不輸人的，是不容妥協的。若不喜歡文學，就無法從事文學。這是一種信仰——這傢伙終於慢慢地明白了。我想好好一個大男人，一臉正經地寫下歌留多那樣的作品，那畫面就好像是弁慶[14]在玩手毬[15]仁王[16]在折色紙或是摩西[17]打柏青哥想贏錢。那麼稀罕。我明白，但也覺得這樣沒什麼不好的。所謂的藝術，不正是如此嗎？誠實而直白。只要看得懂的人可以看到就好。

當然我也不會只滿足於目前這種形式的寫作。這樣半調子的寫作形式，我自己也感到困難，也很討厭。我該突破既定的小說寫作方式，更上一層樓才對。現在這篇小說之中，我採取了相當狡猾的手法。我也是個商人，所以對那些伎倆還多少有些心得。今後我要來寫所謂成熟的小說。當我寫下這句宣言時，自己都覺得丟臉，害臊得臉都紅了起來。但為了要讓我那群好朋友安心，我想我無論如何都得將這句話寫下來。與其追求純粹而使自己窒息，我寧可在混濁之中成長。我現在是這麼想的。其實這也沒什麼，簡單一句話來說，就是我不想輸。

這部作品健康與否，我想應該交由讀者決定，但作品本身絕非軟弱無力，豈止如此，我可是用盡全力在寫。這樣的小說現在發表，對我應該是不利的。然而我真心認為三十一歲就該像個三十一歲的人，要勇於嘗試各種冒險。我還寫不出《戰爭與和平》那樣偉大的作品，且今後還有好長一段路要摸索，應該會很痛苦吧，前方的浪還很大，這點我有自知之明，我

14 武藏坊弁慶（？—一一八九）。日本平安時代末期的武將，武士道精神的傳統代表人物之一，傳奇的一生常被做為日本神話、傳奇、小說等的素材，形象為剛強威武。

15 一種給婦女、小女孩的玩具，彩色小球。

16 指佛教的金剛力士，仁王為尊稱。

17 公元前十三世紀時猶太人的民族領袖，也是重要的預言者。

會十分小心地用心。這部作品不論是形式上或是從情感上來說，一定都還未從三十一歲的框框跨出來，但是對此我得要有自信。三十一歲只能寫得像是三十一歲該有的樣子。我認為這也是最好的狀況。我邊寫邊感到悲從中來。也許我不該這樣寫，但是胸口一波波情緒湧上來，實在無法不寫下來。這一陣子我全心全意、全意全心地過著如履薄冰的日子，非常地、嚴重地被殘暴對待。

但是沒關係，我會試試看，雖然短時間內還會無所事事，但過段時間就會變強。首先，我不得不先教自己相信，不說謊不會死。

來說一件以前的事吧。

我曾經認為，我是個不幸福的人。偏偏眾人的眼中，我應該是屬於幸福的那一方。我很軟弱，不敢反駁，只好點頭說：「是嘛是嘛」。因為某種不滿足的心情，才會讓我想要格外地努力吧、實在是太喜歡了，反而因此感到痛苦，熱愛人生、愛好生活的人，因為運氣太好反而有些退縮、害怕等等，這些特質多是在女性身上可見，他們說是自尋麻煩，不過我發現他們也只會在背後指指點點。

也有些人會故意捉弄我，說我是佳人薄命、懷璧有罪[18]，還有甚至為了看我喝醉得臉紅耳赤，狼狽不堪，故意灌我酒的惡作劇者。

然而，某夜，有個人用再平穩平靜不過的聲音說了句：「你真是個不幸的男人吶」。那人是佐藤春夫[19]我感到前方突然豁然開朗，忍不住開口問他說你真的是這麼認為？我發現自己微微地笑著。「嗯，你是不幸的。」他仍舊毫無疑慮地回答。

另一個這麼說我的人是M．S先生，在文藝春秋昏暗的會客室裡。他一字一句咬字清楚地說道：「如果沒有遇上喜歡你喜歡到願意跟你一起去死的編輯，你會是一個不幸的作家。」如此斷然論定的S先生，他清瘦的身軀裡滿是堅定的意志，令我尊敬。

大多時候，我只能苦笑以對。對很多人來說，不知為何我總是很吵，是個行事衝動的傢伙。但其實是因為我害怕著每一個人，於是為了讓大家在那個當下，可以多開心一點，可以多一點的自信，可以大笑一番，我心心念念地在意這些事，於是我裝成盜賊、模仿人家乞

18 出自《左傳》〈桓公十年〉：「周諺有之：『匹夫無罪，懷璧其罪。』」比喻懷才而遭人嫉妒陷害。
19 佐藤春夫（一八九二—一九六四）。大正—昭和時代的詩人、小說家。

食。心底一角真的有盜賊存在、曾真實乞食過，為求生存而日夜懊惱輾轉的貧弱之子，看見我這模樣，私自認為我是與他同病相憐的兄長，悄悄地感到心安，產生對生存的信心，我是這麼相信的。淨想些愚蠢的事。很快地我就會被踹走。審判之秋。我會變成眾人憎恨的對象。我很明確地被畫分在一條重要的線外。懶惰。當一條線消滅了，人們又將以潰堤之勢強烈地指責我是天生的極度惡人吶。貧弱之子的怨嗟、嘲笑怒罵的氣焰將燒向我這過去被視為是同病相憐的兄長耳朵裡。好燙！我發出可憐的悲鳴，左閃右閃一靠近爐邊，栗子也會爆炸，打算倒水瓶裡的水來喝，也會被蟹的鋏嚇得倒地，一屁股坐到大黃蜂的巢，又趕緊跑到庭院，經過屋簷下搗臼的慰問，此次的猴蟹對戰，對猴子的刑罰就這麼四面八方地塞住，氣喘吁吁，趕緊躲進魔窟的一室之中。

那一夜的事，我不會忘記。我本來想死的。別無他法。我爛醉如泥，連外套都沒脫，咚地一聲倒下，那女人在我身旁笑道：「從前的名妓呀，不論是怎樣的客人上門都得委身於人，既像水也像是暖簾般，身不由己。然後像蒙娜麗莎一樣微微噘著嘴唇，靜靜地待著，客人就愛得發狂，賣田賣地來給她。聽到了沒有，這裡可是重點吶。自古以來被稱為名妓的人皆如此，從不隨意開口要個戒指之類的東西，總是默不出聲，讓人以為是不是還不夠。那些堅持賣藝不賣身，嚴守原則的人是女人，不讓客人碰身體，無論如何也當不了名妓的。」說得真過分。這可以說是撒旦的美學、名妓論嗎？我狂吐了一地之後，陷入昏睡。

突然醒來，房間一片黑暗，伸手不見五指。抬起頭來，發現枕邊放著一封雪白正方形信封。為什麼在這裡會有一封信呢？我心跳加速。那信封純白得發亮，端端正正地擺放著。我一伸手拾起，劃過榻榻米。突然發現！月已上柳枝頭，月光從這魔窟房間的窗簾縫隙鑽進來，散落在我枕邊，形成一塊正方形的月影。我凝然不動，是從月亮來的信。有種說不出來的恐怖。

我實在無法忍受，奮力彈起，拉開窗簾開了窗，看見月亮。今晚的月亮看來好陌生，本想跟她搭話，最後卻什麼也說不出口。月亮也裝作不知道。冷酷、嚴徹，打從一開始根本就不把人當一回事，完全不同層次。我狼狽地呆立著，既沒有苦笑也不含羞，我本來就不是那麼單純的人。我低吼了一聲，好想就這樣變成一隻小小的螽蟖。

依賴會招致厭惡。我知道那種在自然之中，勉力維生的孤獨、嚴峻。被雷火燒毀的家園裡開出了瓜之花。我想要好好地保護那朵在廢墟之中盛開的瓜之花，使它堅強地長大。

螢之光、窗之雪[20]

窗明几淨，我輩秀才一同攤開書本端坐於位上，啊啊，窗外竟傳來號外發行的鈴聲。然而我們必須要讀書。你聽我說，養一隻金魚，就算是放任牠隨興生活，頂多也只有一個多月的壽命而已。

為軍隊送行的悲傷[21]

為入伍即將前往戰場的小兵送行，不可以哭嗎？我無論如何都無法抑制眼淚溢出來，實在是沒辦法，請原諒我。

人間處處是地獄[22]

有一天晚上，突然唸到不忍池一詞，才發覺「咦？這名字真可笑吶」。這名字的背後一定有這樣的故事，一定是這樣。

在一個不確定是什麼時候的年代，在江戶的旗本[23]之家有個名叫冠若太郎，如櫻花花瓣美麗的十七歲少年。他從小一塊長大的玩伴是一名為由良小次郎的十八歲少年武士，是可比美月牙的美麗少年。冬季的一個陰天，兩人因為馬轡的握法與用法兩人意見相左，爭吵到後來，一方的冷笑激怒了另一方，於是有人開口說「我要殺了你。」「好啊，我不會放水的。」兩人相約要決鬥。

到了約定的那一天，由良正要出門時，發現外頭冷雨紛紛，於是轉身入屋，撐了傘才出門。約好決鬥的地點是在上野的山裡，途中他認出冠若太郎因為沒帶傘而在街上人家屋簷下躲雨的身影。若太郎如淡紅色山茶花般寒冷瑟縮，一臉困惑的樣子。

---

20 ほ、蛍の光、窓の雪。
21 へ、兵を送りてかなしかり。
22 と、とてもこの世は、みな地獄。
23 江戶幕府時期俸祿未滿一萬石的武士。

「喂。」由良出聲招呼。

若太郎轉頭看見由良，開口笑了。由良臉頰微微燦紅。

「一起走吧。」

「嗯。」兩人並肩走在寒雨之中。

一把傘下，兩人依偎並行，最後來到決戰的地點。

「準備好了嗎？」

「隨時都行。」

於是兩人拔刀相向，同時向對方衝去，一陣刀光劍影後，若太郎輸了。由良斷了他最後一口氣，刀上的血便是在上野的池子中清洗。

「雖然很遺憾，但這就是武士的氣慨，約好的事情是不會改變的。」

從那天開始，世間稱此為不忍池。這真是個殘酷的世間。

畜生的悲哀 24

從前負責修築城堡的匠師，最在意的是該城堡廢棄之後的模樣，以此為想像、製圖，他會將設計重點放在假若這裡變成廢墟，如何能維持美麗景色；從前製作煙火的名人也是在煙火飛上天空爆炸時的聲音上用盡心力。欣賞煙火是用耳朵聽的；陶器最重要的點就是捧在掌中時的重量。自古以來，愈是被稱為名匠大師者，皆在重量上苦思。

我一臉正經地教家裡的人這些事情，他們都聽得很感動。怎麼會都沒有人注意到，這麼愚蠢的事情，書裡都沒有寫到。

我又繼續往下說。

「妾即離君若逝露，縈思會逢和泉處。景風蕭然人孑立，信太淚痕凝悲樹。」[25]

24 ち、畜生のかなしさ。

25 此詩源自於日本傳說。故事發生在村上天皇的時代，河內國的石川悪右衛門的妻子病重，其兄蘆屋道滿為其占卜，結果是妹妹只要吃了信太之森的野狐之肝即可治癒，石川悪右衛門遂派人獵狐。安倍保名在森林中救下被獵人追捕的白狐，自己也受了傷，這時出現了一位自稱葛葉的女子，為其包紮，並送保名回家。葛葉和保名日久生情，最後結婚，並生下兒子童子丸（即日後的安倍晴明）童子丸五歲時，葛葉無意中顯出原形，原來她就是保名救助的那隻白狐。暴露了真實身分，只好留下這首和歌返回信太之森。

誰都知道這是狐女所做的歌。歌中充滿了人獸無法結合，對可憐的戀情無限的哀傷。在那故事的深處，可以感覺到一種非常深刻、不像是這個世界應有的不安。從前，江戶深川某旗本的妻子很年輕就過世了，留下一名女兒。一晚，妻子出現在丈夫的枕邊唱著歌。「闇夜走在色彩繽紛的山路上，聽到佳奈的哭聲，我無法安心上路。」色彩繽紛的山路說不定是指冥界的某座山裡的路，佳奈是女兒的名字吧。無法安心上路則應是說這名年輕母親的幽魂仍飄盪於人世。

現今也有人認為這是妖怪所做的歌，但目前為止還無法確認。就連意思也並不是那麼清楚，只是認為那其中隱念著不像是這個世界應有的淒慘。還有一首和歌也是這樣唱道：「驚見吾妻為青鷺，無言挽留空餘恨。」

每個人的祕密一說出口，就是一部私小說[26]。小說的動機即作者的愛情。我是這麼相信的。非惡魔崇拜。

龍宮在海底[27]

拖著老朽的身體，追著不會實現的夢想，在荒涼的海岸邊徘徊，白髮蒼蒼的浦島太郎果然還是在這世上掙扎度日。把金龜子關在菸盒裡，聽著牠在裡面騷動的聲音，瞇起了眼，這是我的音樂盒。真是有夠悲慘。以前是德國的廢帝，還有衣索比亞皇帝。昨天的晚報上，西班牙總統阿薩尼亞[28]最後還是不得不宣布辭職。這些人的個性說不定都意外地溫吞而悠然自得。這些豪傑說不定是那種即使賣了櫻花園也可以毫不在意，反正滿山遍野有許多賞櫻的景點，都視為是自己的囊中物，照樣能夠有賞櫻的樂趣。

然而我時時在想，若是宋美齡的話，會怎麼做呢？

沼之狐火[29]

---

26 「私小說」是一種日本文學體裁，源自於二十世紀初期，主要是以作者自身經驗，暴露作者本身故事的敘述方式，日本近代文學有多部這類重要作品，例如森鷗外的《半日》、夏目漱石的《道草》等等。

27 り、竜宮さまは海の底。

28 Manuel Azaña Díaz（一八八〇—一九四〇），西班牙第二共和國總理和總統，曾試圖組織自由主義政府，因西班牙內戰而失敗。

29 ぬ、沼の狐火。

北國夏天的夜裡，只穿一件浴衣還會感到有些涼意。當時我十八歲，就讀高等學校一年級。暑假回到家鄉的小村子去，村外有間稻荷神社，傳說神社旁的水池每天晚上都會浮現五、六團狐火。

在某個無月的夜晚，我騎著腳踏車提著燈籠要去看狐火。我在那寬僅一尺或五寸的田間小路一邊不讓夏草的露水沾上，搖搖晃晃地騎著車。一路上蟋蟀的聲音不絕於耳，螢火蟲也像是撒了滿地般，四處都亮著螢火。我穿過神社的鳥居，奔走在漆樹林立兩旁的路上，毫無意義地讓腳踏車的鈴聲亂響。

走到水岸的盡頭，腳踏車的前輪陷在水中。我自車上跳下，輕喘一口氣，看見了狐火。水池的對岸，一團、兩團、三團紅色的火球並列，時閃時滅。我推著腳踏車沿著水岸走，這大約是一圈十丁[30]的小水池。

靠近一看，發現是五名老公公鋪著草蓆在開飲酒會，狐火則是掛在池邊楊柳枝上的三個燈籠，是運動會上看到的那種圓形燈籠。老公公們看到我的到來，全都拍手叫好，熱烈歡迎。這五人之中，有兩位老公公我是認識的，他們一個是開米店，破產了，另一個則是包養醜女又痴呆，兩人都是村裡的笑柄。吹過水池撲鼻而來的風，十分難聞。

他們這五人據說每天晚上都在這裡聚集，吟詩作對。看著我腳踏車上的點著提燈，彼此對看一眼後說：「看見狐火會沒命的哦。」頓時又哄堂大笑。他們倒了兩、三杯冰涼的濁酒給我喝，然後還拿他們做的詩讓我看，每一首都非常笨拙，甚至還有「芒草叢下的枯骨」之類的句子。我就這麼騎著我的腳踏車回家。

就連芭蕉也很過分地說過：「明月啊，座上何有美人哉。」

流轉輪迴[31]

我本想在這裡寫某帝大教授的事，但實有困難。該教授在兩、三天前被起訴了，理由是左傾思想。然而該教授在五、六年前，我們還是學生的時代，就已經是以身為學生左傾思想的導師為己任，也因此，當時的教授所傳授的言論，被當作今日起訴的理由之一。這個部

---

30 一丁約為一百一十公尺。

31 る、流転輪廻。

分，讓我覺得為難。

如果能再多給我四、五天的時間，我會好好思考，花工夫將這個事件整理成一篇完整的故事呈現，然而今日已經是三月二日了，此雜誌將在三月十日左右發行，今明二日交稿都已經十分緊迫了吧。我今天不論如何都得要將稿子直接送到印刷廠，都已經答應人家了，會讓我這麼痛苦都是因為平時怠惰之故，這種事情確實不應該。光是覺悟，就算知道錯了，不也是至今都還是一貫地懶散嗎？這樣是當不成小說家的。

姥捨山頂上的松風[32]

我應該更嚴以律己才是。如果再次讓我樣的醜態不斷循環、重複，就能把我丟到姥捨山去等死算了。懶惰的歌留多。一如字面所示，已是懶惰的歌留多了，不就是從一開始就已如此打算了嗎？不，我已經不會再說這種謊話了。

我抬起頭來，仰望眼前的群山[33]

下民易虐，上天難欺[34]

黑夜之後，白天將臨[35]

《文藝》昭和十四年四月

---

32 を、姥捨山のみねの松風。

33 わ、われ山にむかいて眼を挙ぐ。

34 か、下民しいたげ易く、上天あざむき難し。

35 よ、夜の次には、朝が来る。

編輯室後記：關於太宰治的一切

【大事年表】

1909 本名津島修治的太宰治，於六月十九日出生於青森縣北津輕郡金木町（現在的五所川原市）。

1916 進入町立金木尋常小學。

1923 進入縣立青森中學（一九五〇年後為縣立青森高中），父親在這年於議員任內過世。

1925 在中學校友會刊上發表習作《最後的太閤》，並發行同人誌《星座》。

1927 進入弘前高等學校（現在的弘前大學）文科甲類（英語班）就讀，在這年認識小山初代。

1928 創刊同人誌《細胞文藝》。

1929 困惑於共產主義與自己的地主階級出身，在期末考試前夜，首次自殺未遂。

1930 進入東京帝國大學法文系。師事井伏鱒二。同年與咖啡店的女侍在鎌倉的小動海岬跳海殉情未遂，但女侍身亡。被津島家除籍，與小山初代結婚。

1932 向警方自首參加左翼運動，並遭拘留。其後脫離左翼運動，轉而專注文學創作。

1933 在《東奧日報》首次使用太宰治筆名發表短篇小說《列車》。

1935 《都新聞》的入社考試未果，在鎌倉上吊自殺未遂，《逆行》成為第一屆芥川賞的候補作品。大學退學。

1937 太宰治與初代殉情自殺未遂便分手。

1938 與石原美知子認識，十二月就訂下婚約。

1939 與石原美知子在井伏鱒二家舉行婚禮，於秋天移居東京三鷹。同年發表《富嶽百景》。

1940 《跑吧！美樂斯》等作品發表、《女生徒》獲北村透谷文學獎第二名。

1941 長女園子出生，太田靜子初訪太宰治於三鷹居所。

1942 太宰治母親過世。

1944 前妻小山初代在中國病逝。長子正樹出生。發表《津輕》。

1945 發表《惜別》、《御伽草紙》。

1947 與太田靜子的女兒治子誕生。發表《斜陽》。

1948 發表《如是我聞》、《人間失格》、《櫻桃》。與山崎富榮跳玉川上水自殺。

【關於太宰治】

太宰治（一九〇九―一九四八），出生於青森縣的世家，家中有十一個小孩，他排行第十。可以過著優渥生活的太宰治，在與原生家庭斷絕關係之後，只能靠著兄姊的私下接濟和微薄的稿費收入維生。如同他所說：「我出生時就是人生的高峰。先父是貴族院議員，他用牛奶洗臉。他的兒子過得一天不如一天，需要靠寫文章掙錢。因此我可以理解所羅門王無盡的憂愁也能理解賤民的骯髒。」在一些片段中，可以看出他曾為了錢和家人有些嫌隙。例如姊姊來信說：「無時無刻催著要錢，我感到很困擾。又不能對母親說，只能從我這兒拿出錢來，真的很困擾。」又例如，他提到：

太宰治第一任妻子，小山初代

「昨晚，我為了一圓五十錢的小事，花了三小時與家人大吵。真是遺憾。」明明是有錢人家的孩子，卻得為金錢煩惱，這的確是一般人難以想像。事實上，金錢對太宰治來說是身外之物，他認為：「金錢終究不是最好的東西。如果現在我手上有一千圓，你想要的話，就給你。」

世人眼中的太宰治，是個多情又無法控制自殺念頭的天才作家，若從他的成長背景來看，可以推測階級、身分是困擾他的重要原因之一。作家對人生的絕望，源自他的前半生和相遇的人們，偏巧有幾位願意和他一

在太宰治老家拍攝，右起二哥英治，太宰治，長兄文治，弟礼治，三男圭治

在太宰治老家拍攝，左二太宰治，中間是姊姊トシ，右一是弟弟礼治

起踏上最後一哩路。然而，幾次的失敗，讓他痛苦地活著，才得以寫下更多傳世的作品。

在寫作方面，太宰治是誠實又負責地面對他寫下的一字一句，「小說」類型對他來說是很重要的一種寫作形式，他說：「作家一定要寫小說」。除此之外，太宰治也曾有被退稿的經驗，太宰治有本放在手邊的《執筆手帖》，其中曾記載著「昭和十二年年末〈發表　創作　悖德的歌留多〉文藝春秋　21」，但被劃掉，之後又在昭和十四年三月那一頁寫下「四月　懶惰的歌留多　文藝春秋35」。在他的妻子美知子夫人於《回想太宰治》一書中提到，太宰治於昭和十二年末，以〈悖德的歌留多〉為題，寫了二十一張稿紙，被《文藝春秋》編輯部退稿。後來又以此為底，改作〈懶惰的歌留多〉共三十五張稿紙，在昭和十四年獲得《文藝春秋》刊載於四月號。也就是本書最後所收錄的〈懶惰的歌留多〉。歌留多（かるた）又稱為歌牌，是一種挑戰記憶力與反應力並結合文學詩歌的牌遊戲。在這篇文章中，可以看到太宰治對自己的告解，也許他本想強調自己無法寫作是種悖德，後來發現這一切都是藉

井伏鱒二與太宰治，拍攝於杉並清水町

口，其實就是懶惰而已。但是當這位懶惰者發現自己就是懶之後，開始他無窮的想像狂奔，直至結尾，他承認光是覺悟不夠，因為事實上還是懶散著，這樣是當不成小說家的。

太宰治認為自己沒什麼學問，一事無成、出了名的惡名昭彰，擁有的只是一點小小的自尊，藉此對他的崇拜者說不要學習他的愚蠢。然而害羞的他能以文學為志業，這種內外性格的矛盾，造就他成為文壇一顆閃耀的星星。

太宰治在三鷹的家

前排左起檀一雄、太宰治、山岸外史、小館善四郎，拍攝於神奈川縣足柄郡湯河原町水明館

【太宰治紀念場域】

太宰治文學沙龍

太宰治曾經在東京三鷹市本町通的「伊勢元酒店」原址短暫住過，二〇〇九年太宰治誕生百年之時，原地設立了「太宰治文學沙龍」，展示與太宰治的相關史料。

這裡除了常設展覽之外，還會定期舉辦讀書會、朗讀會，讓喜愛太宰治的讀者，能在這裡交流。也因為太宰治曾在三鷹生活，在此有許多太宰治的足跡，每年三月到十一月，會定期舉辦「作家太宰治足跡」活動，約二個半小時的導覽行程，散步探訪太宰治的生活路線。

斜陽館

太宰治的父親津島源右衛門，是明治時代的大地主，因此太宰治出生時住的家，就是當時富豪人士所住的建築形式。一九五〇年時津島家將此建築轉手給旅館業者，經營旅館，直到一九九六年因經營不善，由金木町買回，在一九九八年改建為太宰治紀念館，並以太宰治的小說《斜陽》命名之。其建築設計為近代日式建築的代表作，在二〇〇四年列為日本的重要文化財。

太宰治文學紀念室

天下茶屋有御坂峠本店和河口湖分店，太宰治曾在河口湖分店留宿，在此期間創作出《富嶽百景》。二層樓的木造建築，一樓是餐廳兼賣當地特產，二樓則是「太宰治文學紀念室」。現今布置成太宰治當年住宿時的樣子，展示著他當時用的書桌、火鉢和照片。從紀念室窗外望去，就是他在《富嶽百景》中所提到：「我蔑視這如訂製般的景色」。

太宰治博物館

太宰治出生地五所川原市金木町，有許多太宰治相關紀念場所，在這裡所有有形無形的太宰治景點都屬於太宰治博物館的一部分。例如蘆野公園及斜陽館每年在太宰治生忌日這天舉行「櫻桃忌」，太宰治遺體在其生日六月十九日被發現，日本人將生日忌日同天稱為「櫻桃忌」，後來改稱為「太宰治生誕祭」。蘆野公園也是太宰治作品《津輕》裡的重要場景，公園內有「太宰治文學紀念碑」、「太宰治銅像」以及「太宰橋」。

國家圖書館出版品預行編目資料

太宰治的人生筆記／太宰治著；王淑儀譯.
-- 初版. -- 臺北市：麥田, 城邦文化出版：
家庭傳媒城邦分公司發行, 民103.07
面； 公分. -- (People ; 16)
譯自：人生ノート
ISBN 978-986-344-132-8（平裝）

861.67 103011935

People 16

太宰治的人生筆記

人生ノート

作　　者／太宰治
譯　　者／王淑儀
責任編輯／林怡君

副總編輯／林秀梅
編輯總監／劉麗真
總 經 理／陳逸瑛
發 行 人／凃玉雲
出　　版／麥田出版
城邦文化事業股份有限公司
台北市100台北市中山區民生東路二段141號5樓
電話：(02) 25007696　傳真：(02) 25001966
部落格：http://blog.pixnet.net/ryefield
發　　行／英屬蓋曼群島商家庭傳媒股份有限公司城邦分公司
台北市民生東路二段141號11樓
書虫客服服務專線：02-25007718・02-25007719
24小時傳真服務：02-25001990・02-25001991
服務時間：週一至週五09:30-12:00・13:30-17:00
郵撥帳號：19863813　戶名：書虫股份有限公司
讀者服務信箱E-mail：service@readingclub.com.tw
歡迎光臨城邦讀書花園 網址：www.cite.com.tw
香港發行所／城邦（香港）出版集團有限公司
香港灣仔駱克道193號東超商業中心1樓
電話：(852) 25086231　傳真：(852) 25789337
E-mail：hkcite@biznetvigator.com
馬新發行所／城邦（馬新）出版集團【Cite(M) Sdn. Bhd.】
41, Jalan Radin Anum, Bandar Baru Sri Petaling,
57000 Kuala Lumpur, Malaysia.
電話：(603) +603-9057-8822　傳真：(603) +603-9057-6622
電郵：cite@cite.com.my

照片提供／日本近代文學館
封面設計／蔡南昇
印　　刷／前進彩藝有限公司

■2014年（民103年）7月1日　初版一刷
2015年（民104年）7月1日　初版二刷

Printed in Taiwan.

定價：250元

ISBN 978-986-344-132-8